涙

PASCAL
QUIGNARD
collection

パスカル・キニャール・コレクション

涙

博多かおる 訳

水声社

責任編集
小川美登里
桑田光平
博多かおる

目次

VIII（エデンの書）

IX（詩人ウェルギリウスの書）

X（博学の書）

I（ブルーベリーの男の書）

1　馬

かつて、馬は自由に暮らしていた。大地を駆けめぐっていた。人間が馬を狙い、囲いこみ、隊列に組み込み、投げ縄で捕え、罠にかけ、戦いに赴く馬車につなぎ、馬具や鞍や蹄鉄をつけ、背にまたがり、生け贄にし、食べてしまうこともなかった。ときどき人間と馬は一緒に歌う。人が長くむせび泣いていると、馬が変わったいなきで答える。鳥たちは空から舞い降りてきて、見事なたてがみを揺らす馬の脚のあいだで残り物をついばみ、火を囲んで地べたに座り頭をのけぞらせている男たちの腿のあいだに餌をあさった。男たちはがつがつと、騒々しく、食べすぎるまで食べ、ふいに拍子を取り始める。火が消え、歌い終えると、男たちは立ち上がった。人間は馬のように立ったまま眠ることはしない。男たちは地面についた陰嚢と性器の跡を消した。ふたたび馬にまたがり、どんな地表も駆け抜けていった。海際の濡れた岸、背の低い処女林、風にさらされた荒れ地、草に覆われた湿地帯を抜けて。ある日、若者がこんな歌を作った。「母の腹から出てきて、死と鉢合わせした。ぼくの魂は夜、どこをさまよっている？　どんな世界にいる？　見たことのない顔が、ぼくにつきまとう。知りもしない顔がなぜたびたび心に浮かぶのか？」

若者はひとり馬に乗って去っていった。

駆けていくと、昼間なのに急にあたりが暗くなった。

若者は身をかがめた。不安に胸を締めつけられ、馬の首を覆うたてがみと、震えている温かな肌を優しく撫でる。

空全体が漆黒になった。

騎士は手綱の細い銅の鎖を引き、馬から下りた。トナカイの皮を三枚しっかり縫い合わせた覆いを地面に広げた後、自分と馬の顔をできるだけ護れるよう覆いの四隅を馬に括りつけた。騎士と馬は道を続けた。

空気はそよりともしない。

不意に、雨が容赦なくたたきつけてきた。

馬と若者は耳を聾する雨音の中、目で道を探しながらゆっくりと進んだ。

丘の上にたどり着いた。雨はやんでいた。暗闇のなかに、枝に縛りつけられている三人の男が見えた。真ん中では、茨の冠を額にいただいた真っ裸の男がうめき声をあげていた。

別の男は奇妙な仕草で、葦竹の先につけた海綿を裸の男の口元に差し出していた。その隣では、兵士が男の心臓に槍を突き刺すところだった。

2　アギュスに起きたこと

ある日、もっと後、何世紀も後のこと、夜の帳が落ちかけた頃のことだ。ソム川の岸辺で騎士は馬の先に立って手綱を引き、川面に漂いはじめた夕闇の中をとぼとぼと歩いていた。騎士は立ちどまった。積み重なったスレート板の上で死んでいるカケスを目にしたのだ。

静かに流れる川から十メートルほどのところだった。

榛《ハン》の木が一本立っている。

剥がれた灰色っぽいスレートの山に夕陽があたっていた。その上のカケスは仰向けで、翼はだらりと広がり、嘴《くちばし》は開いていた。

馬はいら立ったように荒い息を吐いた。男は馬の首を覆っている長く重たいたてがみを撫でた。

川の渡し守アギュスは大きな榛の木の幹に自分の船を縛りつけた。カケスに気を取られている騎士とじっと動かない馬のそばへ行くと、爪竿を肩にかけ、騎士と馬が見ている方を眺めた。

というのも、この死んだカケスには何かおかしなところがあったのだ。

アギュスは勇気を奮い起こし、青い翼をした鳥に近づいていった。

だが、たちまちアギュスは立ち止まった。カケスの黒と空色の羽は一定のリズムで上下していたのである。鳥は息をしながら軽く身をひねっていた。岸や小船、榛の木の葉叢、川の方を向いたかと思えば、アザミ、この光景に呆然としている騎士、心配げにたたずむ馬の方へと身を捩る。

カケスは色鮮やかな羽を、沈みゆく太陽の最後の光に晒していた。

羽を乾かしていた。

そのうち目にもとまらぬ速さで回転し立ち上がると、一気に舞い上がり、渡し守の爪竿の先にとまった。

アギュスはこの世を去る時がやってくるのを肩先で感じた。

自分を見据えて気味悪い叫び声を立てる鳥を仰ぎ見たあと騎士の方を振り向くと、そばにはもう誰もいなかった。騎士と馬はアギュスが気づかぬ間に立ち去っていた。

鳥は黒と青の羽をぱっと広げ、アギュスが肩にもたせかけていた爪竿の先を離れて飛び去った。

空の奥へと消えていった。

アギュスの心はだんだん陰鬱になっていった。川岸での仕事をさぼるようになった。船をイグサの中にほったらかしにした。にわか雨で船に水がたまるとそのままにした。季節がふたつ巡ると、妻と息子はアギュスのふさぎように呆れ果て、気が立った様子で話し込み、荷物をまとめて去っていった。家族と一緒に暮らすことを諦めたアギュスは、仲間たちにも背を向けた。というか、もう人間たちに言葉や気持ちを向けようとはしなかった。明るすぎるところは避けた。目に見えるものはすべて恐ろしかった。非難しているように思える顔は、動物の顔でも見ないようにした。くちばしがまっ黄色な鷹の視線や、荒れ野の暑い夜に歌声で自分を引き寄せようとしているカエルの視線に出くわさないよう、回り道をした。

3　音楽が飛び出す箱

かつて、片足を少し引きずっている男がいて、仕切りのついた木の箱を背負っていた。男は村から村へと渡り歩いていた。石や木の切り株、櫃やベンチの上に箱を載せ、そっと蓋を開ける。穴が十二個あいている。どの穴の中にもカエルが一匹ずついる。夜になると、男は頭を上げてヴァン・シスーの名を呼んだ。片足の麻痺した男は天に祈っているようだった。「話すがよい、ヴァン・シスー!」と男は大声で言い、居合わせた子供に、陶器の水差しでカエルの頭に水をかけさせた。するとカエルたちは歌い出す。

子供たち、畑や森の小径をたどってきたさまざまな人たちが、男をとり囲み、箱の中を覗き込もうと押し合いへし合いしている。男は皆に言った。「静かにしていれば、かすかに組み鐘《カリヨン》が聞こえるよ」

そこで子供たちも全員黙りこみ、しだいに立ち上ってくる歌に耳をすまし、涙で目を濡らした。どの人も、別の世にいる誰かの声を聞いたのである。「お母さん！」とつぶやき、膝の間に顔を埋める人たちもいた。小さな声で「お母さん！　お母さん！」とみな口々に言っていた。

4　ニタールの誕生

かつてニタール〔ニタルトとも言う。カール大帝の孫で、『ルイ敬虔王の息子たちの歴史』を書いた〕が生まれた日、子供の父親、ソム湾の聖リキエ〔六世紀半ばに生まれ、キリスト教に改宗し、ピカルディーのポンティウーにサンチュルと呼ばれた修道院を建て、そこからサン＝リキエの町が生まれた。ラテン語名はリカリウス〕に捧げられた大修道院の長アンジルベール〔ゲルマン語風にはアンギルベルト〕は、ベルトの腹から濡れそぼって出てくる子供を取り上げて言った。「はじめて開く瞼。神、こんなに薄く柔らかな肌をしわくちゃにして、今おまえは涙に濡れた二つの大きな目を光にさらす。神、キリスト、精霊の名において祝福を与えよう」。その時、また産声が上がった。ベルトの腹には双子がいたのである。黄色い額は母胎の壁を押し広げ、臍まで破れんばかりに張りつめた肌を覆っている金色の体毛の茂みのすぐ下、紫がかった大陰唇のあいだにもう見えていた。修道院長アンジルベール伯は赤子をつかまえようとした。だが、子供の体はひどく濡れていた。小さな体はぬるぬるともがき、父親の手のあいだでうなぎのように滑った。修道院長は言った。「自然の至るところを探り始めている感覚、幾つかの季節をさかのぼった過去におまえに命を与えた者の無骨な手をしかと握りしめる、開いたか細い指。今度はおまえに祝福を与えよう。影以上にニタールにそっくりなこの顔に、神はニタールの誕生をこだまさせ、おしるしを与えられた。反映のように似た顔！　神にもご自分の肩に寄りかかって眠るヨハネがいたように、神はニタールに人生の相棒を与えられたのだ」

この言葉を口にした後、アンジルベールは二度目の洗礼式を行い、赤子にアルトニッドという名を与えた。

5　ニタールの受胎

かつて、ニタールの誕生に先立つこと九カ月、ある午後のことだった。人目をさえぎる黄色と白のスイカズラや青みがかった藤の重たげな房の後ろで、ベルタ、またはベルトと呼ばれていた大帝の娘はアンジルベール伯の手を握って言った。

「わたしの中に入って」

ベルトは繰り返した。

「わたしの中に入って。あなたのこと、ほんとうに好きなのですもの」

ベルトはチュニックを持ち上げた。そこで彼はベルトの中に入った。

ベルトは歓びを感じた。

自分もあまりに心地よかったので男はふたたび中に入った。

ベルトは歓びを感じた。

それはニタールとアルトニッドの誕生前に起きたことだった。ソム湾の巫女サールはその頃、即興でこんな詩を作った。

「鳥は歌うのが好きなら、歌を聴くのも好きだから」

鳥たちは、白亜の崖の下で砕け散る北海の声を聞くのが好きだ。波を前に、鳥たちは次第に口をつぐむ。せり上がり、砂の上に砕け、砂粒を転がしていく波、垂直な白い壁を削っては、砂を作る波の声を聴きながら。

湾を縁取る沼の淀んだ水をわたる葦のかすかなざわめきが聞こえただけで、鳥たちはそちらへ向かう。鳥たちは塩を吸った草地、葦原に近づき、中に入っていく。鳥たちは震えるトリルで、草や葦の間で風が奏でる歌の伴奏をして楽しむ。

しかし――とサールは言った――雨が葉叢や森に降り注ぐ時、
鳥たちの嘴はためらいがちになる。
鳥たちの変奏はゆっくりになり、囀《さえず》る歌の音程は低くなる。
時どき、通り雨やみぞれのせいで歌は途切れる。
鳥のさえずりの代わりに聞こえるのは、砕け散り、轟く響きばかり。

あらゆる鳥が返事をしている。口をつぐんでいても、鳥たちの息をのむような沈黙は何かに答えている。

奇妙な取り決めに則って、鳥たちは独特のテンポと響きで鳴き交わし、あたりの音の伴奏にのって調を変えていく。

辺りが霧に包まれているとき、アルペジオがちりんちりんと鳴ることはまずない。

木陰では、仲間を呼ぶ声が二度続くことはけっしてない。

鳥たちのあいだでは、低い音は高い音よりも遠くまで伝わる。人間の世界で、苦しみがそうであるように。

ゆっくりとした音のほうが速い歌よりもはっきり伝わる。

わたし、サールはこう歌う。

鳥たちの言葉は、あなたがたの悲しみよりも優しい。

人間は時に何かに取り憑かれ、苦しみながら苦しみをもてあまし、堂々巡りする。そういう時にわたしが助けてあげる人の発する言語よりも、鳥の歌のほうがわたしの耳にはわかりやすい。

6　恋に落ちたアルトニッド

ある日、福音史家マタイは「福音書」八章一節にこう書いた。《In illo die, Jesu, exiens de domo, sedebat secus mare.》（ある日、イエス・キリストは家を出て、海の際に座った。）ある日、アルトニッドは家を出て、海の際に座った。風が立ち、砂を散らした。アルトニッドは十三歳だった。一艘の船が泊まっていた。彼は船に乗りこんだ。帆柱に帆を張った。西に向けて船を走らせ、それから北へ向かい、舵から手を放した。アルトニッドは眠り込んだ。長いこと海上を漂っていた。海を渡っていった。アークロー〔アイルランドの西岸の町〕に着いた。アークロー湾では、岩陰に暮らしている聖人に出会った。

アルトニッドは砂の上に顔を描き、聖人に尋ねた。

「この顔を見たことがありませんか？」

隠者はこう答えた。

「こんな顔は知らない。なぜそんなことを訊くのかね？　先ほど、きみが船の錨を下ろし、綱をたぐって小舟を出し、とも櫂でこぎ、塩の匂いがする泥や岸に砕けた貝のかけらの上に小舟を引きずってくるのをわたしの石の家の戸口から見ていた時、きみのことも、きみの体も、きみの顔も、この顔以上に見知っていたわけではないが」

「肩の上にこの顔を乗せた女の人を探して旅をしています。ぼくの顔はどうでもいい。生まれた時、ぼくの顔はすでにもうこの世に存在していたのですから」

王女ベルタ（アルトニッドの母だったベルト）は八一三年、エックス゠ラ゠シャペルにできた父の新しい宮殿でこう言った。

「あの子の頭は空になってしまったのではないかしら。脚に毛が生え、頬に髭が生えてくるともう愛があの子を変えてしまった。どこでその面影に出会ったかもわからないのですけど、別の人の身体があの子の頭の中に住みつくようになって。ともかく十二、三歳の頃、ある面影がアルトニッドの頭の中にくっきりと立ち、離れなくなってしまいました。暁が訪れ、あの子が寝床から起き上がっても、その姿は消えなかった。以来、あの子は自分の弟にも会おうとしなくなりました。例の面影に夢中になり、人が言うことを何一つ聞かなくなったのです。面影の人を見つけ出したいとひたすら願っているの。アルトニッドを目にして、その変わりように驚かない人はいません。あの子は誰かを愛しているのです」

王女ベルトは双子の弟に、もう一人がいなくなった理由をこんなふうに説明した。弟はニタールという名だった。双子の場合、先に母の胎内に宿った方が後から出てくる。ニタール（Nithard）という名のアルファベットの順番を入れ替えた名を持つアルトニッド（Hartnid）、アンジルベールが命と名を与え、ベルトが宿し、育てたアルトニッドは、フランク王国の岸辺から去っていった。

7　リュシウス修道士

サン＝リキエ大修道院の僧の一人で、ニタールとアルトニッドにギリシャ語やラテン語、さまざまな学問を教えた非凡な写字生は、修道院の誰よりも巧みにビザンティン文字を美しく飾り、カロリング朝の文字に削ぎ落とされた美を与えることができた。その名はリュシウス修道士。リュシウスは全身真っ黒な猫に惚れ込んだ。この猫は、木立の中にいるかわいらしいハシボソガラスのように美しくほっそりしていた。目はうっとりするほどきれいだった。いや、この猫はどちらかというと畑にいるミヤマガラスに似ていた。鼻に白い染みがあったのだ。リュシウス修道士は一日の仕事を終え、写本をしまい、写本室から出る時間が待ち遠しくてしかたなかった。筆写室の小部屋は炭を焚く小さな暖房器具で暖められていて、修道士たちはそこに脚をのせられたし、僧服の裾からも熱がじわじわと肌を伝ってくるのだが。温かいかどうかなど、どうでもよかった。リュシウス修道士は一刻も早く自分の小部屋に戻って窓の木の鎧戸を開きたかった。猫が姿を現し、飛び上がり、冷えきった鼻を自分の首の窪みに押しつけてくる瞬間が待ち遠しくてならなかったのだ。猫のことしか頭になかった。猫の愛撫に飢えた愛撫、温かい息の混じったささやき、いびき、低い叫び、ゴロゴロいう喉音、スースーズーいう声、ざらざらした舌で舐めてくれる感触、同意する時は瞬きし、安らぎ満ちたりている時には半分閉じている猫の目のことしか考えていなかった。

リュシウス修道士は、猫の心とろかすような目、心乱されるほどかわいい鼻のことしか頭になかった。自分の部屋の扉を閉めるなり、リュシウス修道士は頭巾をはずした。頭巾を取るのももどかしく木の鎧戸を引くと、猫はもう肩に飛び乗ろうと待ち構えていて、肉球で撫でるようにリュシウスの頬に触るのだった。

闇の中、修道院のすべての屋根に向かって名前をそっと呼ぶ必要もなかった。猫は肩に飛び乗り、すでにゴロゴロと喉を鳴らしていた。

リュシウスと猫は、麦わら布団の上に皮の敷物を敷いて横になり、ともに眠った。

修道士は猫の毛に顔をうずめた。少し息苦しくはあったが、生き返るようだった。彼らは語り合った。幸せだった。愛し合っていた。

8　アンジルベールが再建した大修道院

サン＝マルクールの泉、その上に繋ぎを使わず石だけで建てた柱、脇にたたずむシャーマン王聖リキエのひなびた住まい、それを取り巻くもっと新しい修道院の建物群。シャルルマーニュが、そのすべてを修道士にして伯なるアンジルベールに与えたとき、王はカントヴィックまでの北海沿岸領も伯に贈った。七九〇年代のことである。その頃すでにハールーン・アッ＝ラシード〔アッバース朝の第五代カリフ。『千夜一夜物語』の登場人物〕は、繁栄を極めるバグダッドの町を支配していた。シャルルマーニュはまだ皇帝ではなかった。世の誰もまだ彼をカロルス・マグヌス、シャルル・ル・マーニュ、カレル・デア・グロスとは呼んでいなかった。

フランク人の若き王は、フランク王国沿岸領を統治する伯を婿にしたくなかった。娘のベルトをすぐに宮廷に呼び戻そうとした。王はどの王女よりも、妻たちの誰よりも、ベルトを愛していたのだ。王の意を汲んでベルトから永遠に遠ざかることを決意したアンジルベール伯が王女ベルトに言い得たのはこんな言葉だけだった。

「一度きりしか欲望を抱かない、そんなことが女にも男にもあるようです。女についても男についても確信はありませんが、想像はできます。鮭と呼ばれる魚は、はじめて快楽を知り、快楽を覚えたその瞬間に死んでしまいます。命を受けた山地の清流で二匹の鮭のからだとひれが交わるとき、まだ官能に震えている鮭たちの精子にまみれた老体は死を迎えるのです。宮廷の人々の目からわたしたち二人を隠してくれていた青い藤の重たい房の影で、すいかずらに包まれ、わたしにも同じことが起きたのにお気づきでしょう。生き物が恐れを抱いて震えるように、わたしたちの体は幸せに震えていました。この世に生まれ出て身体がはじめて光を受けたときに叫ぶように、魂が抜け出ていくいまわの際に叫ぶ人もいます。身体の液体がとつぜん溢れ出るとき、歓びに叫ぶこともあります。まったく、歳を重ねていっても人はたいしたことを学ばないのかもしれない。現在、お父上はわたしたちがもう触れ合わぬことを望んでおられます。わたしにとって王は友人であり、王にとってわたしは忠実な同胞です。あなたにとってあのお方は父上ですし、あなたは明るく愛情深い娘です。王は広大な王国をさらに拡大していかれるおつもりで、数多くのご子息やお孫さんがおられることから、王国の継承のことを心配しておいでです。あなたは女性たちが集うエックス＝ラ＝シャペルの宮廷で暮らされることになる。わたしたちの身体はもはや幸福で震えることも恐れで震えることもないでしょう。息子たちの面倒はわたしが見ますし、修道院に集めた三百人の僧たちが、地上のどんな伯たちよりも注意深く熱心に二人を教育してくれるでしょう。かまどで料理をし、洗濯をして干し、庭仕事をし、植物を植え、長方形の畑で作物を収穫する女たちが、息子たちをかわいがってくれるでしょう」

ベルタ王女は、サン＝リキエ大修道院の院長になったアンジルベール伯にこう答えた。

「わたしたち女の一生はけっして幸せではありません。女でいられる時間はあまりにも短いわ。少女時代は長すぎますし、女として過ごす季節はあっという間に巡ってしまいます。考える間もなく母となり、歳のいった女の役割を果てしなく演じ、白粉を厚く顔にはたいて、死の大海に沈む折をはかりかね時を無駄にするのです。しかも一生の長さに比べ、妊娠しやすい時期は不快なほど規則的です。わたしたちの性器から出てきた赤ん坊たちに必要な世話は、同じことの繰り返しで優雅なものではありません。だから思うの、母親や祖母として過ごす時間は長すぎ、退屈で吐き気がするほどだと。それを考えたら、わたしの年で父の宮廷の一員になることが必ずしも不満なわけではないのです。もうわたしの体のそばで横になることも、夜になるとわたしの胸に唇をあて、何も出てこない乳首を少し吸うことも、わたしの肩の窪みにうめき声をしずめることもなさりたくないあなた、何かの折にはわたしを助けてください。ところで、何が一番恐ろしいかって、女の人生でいちばん残酷なのは、男の人が自分を欲しているときにその人を愛してしまうことだわ。女はみな、一人の男にすっかり身を捧げるのに、男は女の体の中に入るやいなや誰の腕の中にいるか忘れてしまい、いつまでたってもわかるはずのないことを求めて至るところを駆けめぐるのですもの」

9　広い部屋での風呂の場面

アルトニッドは薄暗い広い部屋で木の湯船につかっていた。背後から女性の声が聞こえた。

「触ったら目を閉じて！」

アルトニッドは目を閉じてその声に答えた。

「言われたとおりにしている、二つの瞼を閉じて。したいようにして」

すると、ウィックローという名の女はアルトニッドの肩に手をかけ、浴槽に入ってきた。

アルトニッドは目を開いた。女はとても美しかった。アルトニッドは言った。

「きみが近づいてくるとき、もう目を閉じる必要はない」

「なんてこと！」

「きみはぼくにとってただ一人の女性になる。こんなに美しいのだもの。裸で知った女性は初めてだ。ぼくが顔を探している女性でさえ、裸の姿を想像したことはない。きみの姿はぼくにとって唯一のみだらな全身像になるだろう。かつてぼくの心になぜか焼きついてしまった肖像のそばにかけておくよ」

女は悲しげだった。

ぽつりとこう言った。

「人生に救いをもたらしてくれるのは、もう夢しかないのね」

そして浴槽の縁を指さした。

「銅の輪の上にとまっているこの鳥は何？」

「ぼくのカケスさ」

10　アブドゥル・ラフマーン・アル・ガーフィキーの敗退

恐怖と呼ばれるものは何だろうか？　怯えのせいで脚から頭まで体中に広がる不安の感覚。体毛や毛皮は逆立つ。戦慄に備えることなどできない。眠ることもできない。恐れおののいて眠りから醒めることもある。胸を締めつけ、紐のように首を締めつけ、腹に汗させ、二つの尻のあいだの溝を汗で濡らす。恐怖に襲われたとき涙は一滴も流れない。野生動物はすばらしい予知能力を持っており、ほとんど皆、恐れを感じるとすばしこく逃げようとする。時を同じくして、二つの襲撃が両顎の牙のようにヨーロッパを締めつけた。南では宗教的信念にもとづいて巧みに仕組まれた抜け目ない侵略がじわじわと進み、北は粗野で野蛮で貪欲で乱暴な侵略にさらされていた。南からの執拗な侵略はビエール〔中世の撥弦楽器〕の伴奏にのってろうろうと歌いながら、北からの散発的な侵略はすべてを焼き尽くしながら、互いに共謀していたわけでもないのに、大陸を両側から万力で締めつけた。六九八年には、そのころ地中海に君臨するもっとも美しい港だったカルタゴのみがイスラム教徒の手に落ちていた。七一一年になると地中海全体がイスラム教徒に支配されていた。内海の周辺では海岸の至るところにサラセン人の塔がそびえ立ち、槍のようにその先端を屹立させていた。ビザンツ帝国はマルマラ海に後退し、古き帝国の西側と直接の関係を失っていた。南フランスの港では船影がまばらになっていった。漁船、小舟、運送船などの代わりに、小型になった帆船、船体が短くなった軍艦、平底舟かゴンドラほどにも小型化された商人たちの細長い運搬船が来航するようになった。極東から運ばれてきた絹や香辛料はロバの背に積まれ、イタリアの道をたどって運ばれていった。アルプスの峠をうねうねと上っていった。インドから、モンゴルの高原から、ヒマラヤの尖峰から、中国の雄大な川からさまざまな困難を通り抜けやっと届いた産物だった。

海を完全に手中に収めると、イスラム教徒は陸に侵入してきた。

イスラム教徒はローヌ川の谷間を支配し、続いてブルゴーニュを制圧した。七二五年にはオータン〔ブルゴーニュ＝フランシュ＝コンテ地方の町〕の町を包囲した。七三一年にはサンス〔オータンより北にあり、セーヌ河の支流であるヨンヌ川とヴァンヌ川が流れている〕の旧市街を攻囲した。大司教は島に避難し、航行可能な東の分流の港に面したユダヤ人居住地区からイスラム教徒たちの背後を襲い、ついに退却させた。七三二年にシャルル・マルテルがアキテーヌ公ウードのもとに馳せつけ、軍を合流させた。

アブドゥル・ラフマーン・アル・ガーフィキーが、ポワティエの城門で繰り広げられた大戦闘で敗北を喫したのはその時だった。

七三三年にスペインのイスラム教徒たちの軍隊はリヨンで敗北を喫した。

フランク人に対抗してサラセン人と手を結んでいたマルセイユの貴族たちだけが頑としてマホメット教徒であり続けた。

11　ヴェルヌイユ＝シュール＝アーヴルの公会議

七五五年のある日突然、ヴェルヌイユ＝シュール＝アーヴルで、フランク人の王ピピンが戦闘の時期を三月から五月に遅らせることにした。

公会議が招集され、ヨーロッパの戦争事情をその後千年間変えることになる決定が下された。

古代ローマ人たちの取り決めでは、戦争の二つの扉は三月に開く。そして、にわか雨が降り、赤くなった秋の落ち葉と泥が地表を覆うころに閉じられる。二つの扉は、古代エトルリアの戦士たちが話していた言葉で「ヤヌス」と呼ばれていた。

ヤヌス、開いては閉じる扉の神。

扉の神ヤヌスは、一年の双面の石像の上、西を向いた老人の顔と、東を向いた子供の謎めいた二つの顔で示されていた。長い白髪を垂らした前年の王をコナラの枝にぶらさげて葬り、皮を剥ぐ。するとー瞬にして、おどろくべきことに新しい年が生まれ、花が開き始める。

ローマの言葉〈ヤヌス〉の〈ヤ〉は、動き出すもの、決起する軍隊、馬たちの出発、年のはじめの光の中で武器がぶつかり合う音などを思い起こさせた。

そのようなわけで、七五五年、アーヴル川に囲まれイトン川の岸に面した城壁内のピピンの宮廷に、大司教たちが集まった。大司教たちはフランク人の首長（公）たちの意見をすんなり受け入れ、フランク人が馬で駆けめぐる広大な土地で以後「年」に二回、会合（コンシリア）を開催することを決めた。一度目は五月に、王と戦士たちの隊列の前で、公開の貴族会議と戦争に先立つ閲兵式のために行われる。二度目は十月に、王国の行政を議論する目的で、宮廷の人々やフランク人の部族の首長たち、大司教区を統括している神父たち、司教区を代表する司教たちも参加して行われる。

こうして春に、世俗権力に仕える者たちの連帯が王を中心として固められるのだった。こうして秋に、神に仕える者たちが遠方はるばるやってくるのだった。教会の主要な管轄区域は次々と監察を受け、年ごとに税金を徴収されることになる。各地方の封臣制と領土全体に広がるカトリック布教団の調和はこのように図られた。だが峠、岸、浜、帝国の辺境領はますます荒らされ、破壊され、略奪され、燃やされ、搾取されるようになっていった。イスラム勢力の襲撃に続き、ノルマン人たちの予想もつかぬ容赦ない来襲のせいで、あらゆる海岸、川、海、境界、山中に荒廃が広がっていった。

12　熊の日と呼ばれていたもの

ある日、かつてのこと、オー＝ヴァレスピール〔南仏、ペルピニャン南西のテク川上流の地域〕の山肌に引っかかった小さな村で、「熊の日」が行われることになった。それは冬の終わりに、ピレネー山脈の峠、険しい峰の間で行われる行事だった。シベリアからやってきて先住民を皆殺しにせんとしたバスク人たちに追い払われるまでそこに暮らしていた原初の住民たちから伝わる「逆さ祭り」を、人々は当時「熊の日」と呼んでいた。かつて人々はキノコの汁に酔いしれて浮かれ騒いだ。たいまつを手に洞窟の中に入っていくと、火を焚いた後に残った炭で、洞窟の壁に絵を描く。村の若者たちはまっ裸になり、油脂に混ぜておいた煤で、肌や髪や体毛を黒く塗る。羊たちをひっくり返し、血まみれにしてから、切りとった皮を着込んだ。長い棒を手にした「熊」たちは山の高みから羊小屋、羊牧地、泉、家畜小屋、村へ下りてこようとするが、「狩人」たちは「熊」を押し戻そうとする。「熊」たちは若い娘を捕まえ、血や黒い炭をなすりつけ、抵抗をものともせず無理やり洞窟に連れ込んで犯し、孕ませた。「熊」たちの欲望がおさまり眠り込むと、白粉をつけて白い布をまとった「ひげそり師」たちが現れ、野獣たちを捕らえに、「肉欲の営み」が行われた洞窟へ入っていった。野獣たちを鎖で拘束し、足かせと手錠をかけて山からおろし、村まで連れてきた。それから二枚刃の石刃鎌で「熊」たちの全身の毛を剃る。髪、腕の毛、胸毛、脇毛、睾丸や陰茎の周りの毛も。その後、女たちが桶の水を全身に浴びせると、野獣たちは人間に戻る。その日、七七七年の五月、峠を越えていったヴァンヌ伯とブルターニュ総督ヒルオドアンドゥス(ロラン)に犯されたアンシエラは、ルキアをみごもった。後にルキアに娘が生まれ、目がとても青かったのでルシアと呼ばれた。

13　ソム川の源

この世に生まれでた時、あらゆる人間の網膜の上に最初に浮き出てくる色は青だ。

大地ができる前からあった海の色とおなじように青い。

海よりも大地よりも古くからある空のように青い。

長いことソム川は、病を癒してくれるサン＝マルクールの泉から流れ出る小川と同じくらい小さな流れでしかなかった。

サールは北海に流れ込むソム川がうがつ湾を支配しているシャーマンだった。すべてを見通すこの女の目は、新生児の目と同じくらい青かった。ある夜、自分の奥底から、アイスランドの人々が船にのってやってくる音がかすかに聞こえてきた。フランク族では女性だけが未来を見通す目を持っていた。彼らの考えでは女性だけがもともと女性でも男性でもあり、つまり老人でも子供でもあり、したがって幻想でも幽霊でもあるからだ。

サールの目には、これから起きることがすでに起きたことのように見えた。生まれつきその能力を持っていたのだ。フランク人たちは言った。

「あの女にはなんでも見える。積もった雪の上に落ちた白髪一本だって見分けられる。その白髪を指でつまめるし、牛乳の鉢の中に落ちたまつげにさっきとまった雪のかけらさえ見える」

サールの目はコランダムのように、サファイアのように青かった。

その目に気づかない者はなく、みなが見とれ、こう言った。

「サールの目はなんて青いんだろう！」

アルトニッドは言っていた。

「あれは世界で一番美しい目だ。嵐の後の空のように青い。澄みきった空、海に映り込んでいる、穏やかな空のように」

シャーマンの目を見てアルトニッドはうっとりした。

だが突然、サールの目がじっと何かを見据え、花崗岩のように冷たい灰色になることがあった。何年か先に敵の軍隊がやってくるのが見えたのだ。

サールは言っていた。

「三年後に、北から攻めてきた敵が上陸するわ。雨が降るでしょう。川は増水し、あなたがたは堤防の上に座って、水が膝まで上がってくるのをじっと眺めている。そして敵に倒されて死ぬか、捕虜になるかするの」

ソムの漁師、狩人、鍋釜を作る者、戦士たちはシャーマンのサールをあざけった。ずいぶん先の未来に起きることを警告したからだ。サールの予言している未来がいつやってくるか予想もつかなかったのだ。サールはあまりに先のことまで見えてしまう巫女だった。出来事がじっさいに起きると、フランク人たちはサールの予言をもう忘れてしまっている。

サールの忠告は毎回まるで無駄に思えたので、サールは長老たちから抗議を受けていた。

ある日雨が降り、村人がみな堤防の上に座っていると、目の前で小さな川があふれ、アイスランドの島から来たノルド人が襲いかかってきた。立ち向かった男たちはほとんど皆殺しにされた。女や子供、白髪で身体も不自由で繰り言ばかり言っている老人は奴隷にされた。ヴァイキングたちはフランク人にたずねた。

「おたくには、災難を予言してくれるシャーマンがいないのかね?」

そこで敗者たちはサールの予言のことを話した。思い出してみれば、三年前、サールがつぶさに描き出した出来事はまさに今起きたことだ。雨、氾濫する川、膝まで濡らす水、突然の襲撃など。北から来た人々はサールがどこで暮らしているのかたずねた。捕虜になったフランク人の一人が拷問を受け、シャーマンが住んでいる崖の洞窟の場所をアイスランドの若い水夫たちに教えてしまった。北方人たちは斜面をのぼっていった。カモメを捕った。洞窟の中に入っていった。コウモリも捕った。サールの腕をつかんだ。目をつぶした。青く澄み切ったサールの瞳はいつまでも流れ出てやまなかった。こうしてソム川ができ、その波は絶えず北海に向かって進み、ロンドンの港まで北上していく。

14　顔

ある夜、川を下ってくる船があった。漕ぎ手は、渡し守アギュスが船をくくりつけていた大きな柳の木の菱形で黄色い小さな葉の茂みに黒い船を泊めた。すらりとした、とても美しい、天使のような物腰の若者が岸に飛び移り、見えない誰かに合図をした。

船は静かに去っていった。

二人の男が岸をたどっていった。

やがて一人目の男はみなに知られるようになった。アルトニッドという名で、何かを探して旅している。探していたのはある顔だった。シャツの中に小さな琺瑯《ほうろう》の箱を隠していた。アルトニッドは箱を開ける。スコットランドの島で描いてもらった顔を見せ、こうたずねる。「この顔を見たことがありませんか？」その顔は女の顔で、とりわけ美しいというわけではなかったが、かぎりなく優しかった。アルトニッドというその男の肩に、羽の青いカケスがときどきとまりにきた。

II （読み解けない心の書）

1　秘密の部屋

女たちの館には秘密の部屋があり、そこで出産する。男は誰も入れてもらえない。フランク人の共同体はこの部屋で新しくなっていく。「源」とも呼ばれる「母」たちは秘密を大切に守っている。娘たちが年頃になると秘密をそっと教え、その日から娘たちは娘でなくなり、脱皮して、女になる。カール（シャルル）の娘のベルタ（ベルト）もそうした「母」の一人だった。「読み解けない心《コル・インスクルタビレ》」というのが、母がアルトニッドにつけたラテン語のあだ名だった。というのも、エレミヤはその預言書の十七章九節にこう書いているからだ。「すべての人間の心は堕落している。心を読むなどできない。誰に心を推しはかることなどできるだろう？」

ヨハネは預言をしたから、鷹になぞらえられた。

さまざまな言語で言葉を記し続けたニタールを表す動物は鷲鳥だった。

あれほどさまよい、馬を駈けさせ、馬の美しく勇猛な姿、体躯、優美さ、たてがみ、性器などに感嘆していたアルトニッドを表すのは馬だったかもしれない。だが、アルトニッドの母の言によると、それは「読み解けない心」だった。

2　エドビーと言う名の猟犬

フランク王国の北の沿岸を統治しているアンジルベール伯の猟犬が吠えながら両前足を上げる。牝犬は振り返る。巨体の猟犬は牝犬が突き出した後躯に夢中でのぼり、できるかぎり力いっぱい前足で背中にしがみつく。後から前へと長いあいだ挿入を繰り返す。

八〇七年のある日、エックス＝ラ＝シャペルの宮廷の中庭で、エメンの娘エメンがこの交尾を見つめていた。隣で立ちつくしているアルトニッドに声をかけた。

「犬がするのはおぞましいわ。人間がするのもおぞましいけど」

「人間がするのを見たことあるの？」アルトニッドはエメン王女にきいた。

「ええ」

九歳のアルトニッドは王女のそばで赤くなった。

「エドビーがあのかわいそうな犬にやってるようなことを男が女の人にするなんて、ぼくは見たことない」

王女は言った。

「考えてみると、あのような行為をして素敵なのは馬だけ。馬乗りになって美しいのは馬だけよ。ねえ、アルトニッド、ふくれ、反り返って怒張した馬の性器ほど美しい性器を見たことがある？　麦やアザミや苔やエニシダ、岩や崖を覆う地衣類を蹴って駆けていく野生の馬の顔の後ろにたなびくたてがみほど美しい髪に見とれたことがある？」

3　オードの侍女

スタヴロ修道院の管轄下のある村に、スペルト小麦やキャベツや麦が植わっている半円形の土地があった。

穀物畑とぶどう畑がつくる円形劇場の段々の向こうは急に何もなくなる。樹々が密に茂り縺れ合うアルデンヌの暗い森が始まる。

鬱蒼とした黒い森、原初からある古い森に入ってゆくなら、準備を怠らず、衣服にお守りを二、三縫いつけておかねばならない。

猪の群れがとつぜん飛び出してくるかもしれない。

四月のにわか雨が降る頃、稲妻が光る季節に、猪は畑や果樹園や葡萄畑や野菜畑を荒らしていく。

さらに先、ショ〔北フランスの村〕ではヒースの荒れ野がムーズ川に断ち切られ、何メートルか先の対岸で川は森をいただく断崖を削っている。

越えがたい難所だ。

その場所は「悪魔の穴」と呼ばれていた。

頭上はるか、雲はじっと動かない。

スタヴロ修道院の僧が住む村に、雲は来る日も来る日ものしかかっていた。

絶壁に行く手を阻まれ、雲は川の湾曲部に閉じ込められている。

手や足をかけることのかなわぬ絶壁。

よじ上りようのない岩。

雲は木の刺にひっかかり、山頂につなぎとめられて何カ月も水を注ぎ続けた。

ルシアはおずおずと言った。

「むかしオード〔ロランの婚約者〕さまに出会い、お仕えしていたことがあります」

アルトニッドは言った。

「オードがいなくなって五十年になる。人から聞いたところによると、実はあなたはロラン辺境伯〔前出三〇頁、シャルルマーニュの甥〕と別の女性のあいだに生まれた子だそうだね」

「そのとおりです」

「あなたは頭がいい。あなたは美しい」

ルシアはまごついた。冗談でまぎらわせようとした。

「何をさしあげられそうか、少しだけわかってきましたわ。わたしの知性と美と交換に、あなたは何をくださるの？」

「ぼくの勇気と恐れだ」

「最初の半分だけいただくわ」

「二つで分割不可能な全体なんだ」

「努力なされば、はじめの半分だけで全部になったのでは？」

「どうやっても無理さ。だってぼくの感じる恐れは、勇気が感じる恐れではないのだから。サラゴサを統治するカリフに求められ、フランク人の軍隊は出陣する。コルドバを支配するイスラムの首長の襲撃に立ち向かう新たな闘いに参加するんだ。ぼくは半分しか王族じゃない。私生児の王子だ。でも遠征の苦難や、山の雪や、激烈な闘いや、突然訪れるかもしれない死が怖いわけじゃない」

「では、あなたの恐れとは何？」

「戻ってきたらぼくを受け入れてくれるかどうか、あなたの気持ちを教えてほしい。あなたがぼくの妻になってくれないのではないか、それがぼくの恐れることなんだ」

「今からもう、あなたと一緒になれないとわかっていたとしたら？」

「それこそ、ぼくが恐れていることなんだ。さっき言ったとおりだよ」

「では別の聞き方をしたら、なんとお答えになります、私生児の王子様？　お戻りになるまでわたしが待っていなかったとしたら、どうお思いになる？」

「待っていてくれなくても、あなたがそのとき送っている生活を邪魔したりはぜったいにしないだろう。逆に待っていてくれたら……」

「わたしは待っておりません」

ルシアはそう言って相手の手を取り、握って、さらに強く握りしめた。

しばらく手を離さなかった。それから背を向け、歩を速め、姿を消した。

ルシアの香りも消えた。

アルトニッドは一人残った。手は焼けるように熱かった。

自分の顔の周りに見えないものが漂っていた。ルシアの香りだった。

木の船べりを眺めると、彼女がすばらしい手で触れてくれた自分の手をそこにかけず、またいで乗り込んだ。

川の水を眺めた。

振り返り、岸の方に目をやると、ルシアの姿が遠ざかっていくのが見えた。

しばらくして、ルシアが必要以上に長く握っていた手を開き、目にあてた。ルシアが触って火傷させた手で顔を隠した。手の甲で顔を隠し、泣き始めた。漕ぎ手の席に座った。泣きじゃくった。アルトニッドが心底恐れていた事態だ。こらえられない涙、それこそ彼の恐れるものだった。愛するものの前で自分のもろさを見せてしまうこと、それが唯一の、とてつもない不安だった。幼い頃からアルトニッドは冷淡な顔、うんざりした表情ばかり見てきた。彼を邪魔に思い、要求に苛立ち、子供っぽさに呆れている顔だ。厳しい視線を逃れ、アルトニッドは独りで泣きにいった。

双子の弟ニタールだけがアルトニッドの涙を見ていた。アルトニッドが自分の殻に閉じこもってしまうとそっと気づかい、兄がいないことに人が気づかないようにしてくれたが、言葉をかけはしなかった。ニタールは護ってはくれたが、心まで温めてはくれなかった。

アルトニッドは人々のきつい眼差しの届かないところまで行くと思いきり泣き、アラミッツ〔大西洋に近いピレネー地方西端の村〕、アスパレン〔スペイン国境に近いバスク地方の村〕を通り、アドゥール川を渡り、ビゴールの山頂を越え、スペインの赤っぽい大地を目指して降りていった。

ルシアは六年間待ち、死体が戻ってくるのを目にした。

死体はまだ少し話をした。

「あなたを待っていました」と死体に向かってルシアは言った。

「待つべきではなかった、つまらないものしか戻ってこなかったのだから」

「そのつまらないものはまだわたしを愛してくださっているの？」

「愛しているよ」

「ではあなたと結婚するわ、わたしだってあなたを待っていたし、わたしもあなたを愛しているから」

涙が湧き上がり、瞼からこぼれ落ちた。アルトニッドはルシアの前で涙が静かに流れるに任せた。

ルシアは彼のやせ細った顔を両手で包み、窪んでごつごつした頬、すっかり濡れた頬を撫でた。

「わたしのお腹に乗っても重くないでしょうね、アルトニッド」とささやいた。

ルシアはアルトニッドと結婚しただけでなく、二人は一緒にいて幸せだった。

4 果実の親方

ところが、かつて、冬の終わりのある日のこと、果実の親方（ブルーベリーの男）が、やや紫色がかり、少しバラ色がかった、ぼろぼろで臭く、とても汚い小さな実をアルトニッドにくれた。アルトニッドは果実をそっと指でつまみ、愛する女に贈ろうと思った。ルシアという名の女は気味悪がって断った。それは大きな過ちだった。そんなふうにして人は死を呼び込んでしまう。


ある日、果実の親方はアルトニッドに言った。

「死を退けるには、毎晩シダの寝床か藁の布団の裾にひざまずき、ブルーベリーにふさわしい童歌を心の中で歌わないといけない」

だが誰もブルーベリーの童歌の歌詞を聞いたことがなく、この慣習はすたれてしまっていた。

妻は果実を受け取ってくれなかった。鳥がやってきて、肩にとまった。アルトニッドは出発した。

5 鐘撞き男ユーグが壁に残した影

かつて、ある日のことだった。サン＝リキエ大修道院で八一一年、アンジルベール伯の森番が憎しみのこもった斧の一撃で首を切られ、命を落とした。何があったのだろう？　謎のままだった。その日礼拝を行うことになっていた司祭は、すぐに村に降りて鐘撞き男ユーグを探してきてくれと、リュシウス修道士に言った。

リュシウスは弔いの鐘をつきにきてくれるよう頼もうと、ユーグの家の扉をたたいた。

小さな家から男の妻が出てきた。

女はリュシウスが訪問の理由を話しているあいだ、驚いた様子で相手を見つめていた。

ユーグの妻は修道士に言った。

「でもリュシウスさん、ユーグはあなたに会いに修道院に行くと言って出ていったんですよ」

「いや、会っていませんが」

「そのようね」

「午前中ずっと文書の写しをしなければならなかったものですから、楢の木の丸椅子から立ち上がる暇さえありませんでした」

「では、わたしが見たくもないものを見にいきましょうか」

「どうしてもとは申しません」

「あなたが見たくなくてもいいんです。ついてきてください」

女は家の扉を閉めようともしなかった。敷居に寝転んでいた薄茶色の猫のしっぽを踏んだ。猫はぎゃっと叫び、飛び上がった。女は修道士の袖をつかんで離さず、こう繰り返していた。

「司祭さま、ついてきてください」

「わたしは司祭ではありません。一介の修道士です。わたしは猫が好きです。猫をいじめてはいけません」

「誰かれかまわずやっつけてやる。これから誰を叩きのめすか見ていてください」

女は小径の端の見張り櫓の上にいる射手のところまでリュシウス修道士をひきずっていった。女は射手の腕をつかんだ。

「あなたとあなたの武器が必要なの。一緒に来て」

三人は広場に向かった。

「どうしてもおれたちが行かないとだめなのかい？」射手がたずねた。

女はさっと唇に指をあてた。

鐘撞き男の女房は裸足になった。

木靴を手に持ち、冷たい敷石の上を抜き足差し足、歩いていく。

と女は、酒場で娼婦と一緒に酒を飲んでいるユーグを指さした。

鐘撞き男はその瞬間、窓の方へ顔を向け、自分を見ている妻に気づいた。すっかり怯え、慌てふためいて逃げ出したものだから、男の影が酒場の壁に貼りついたまま残った。男が亡くなり、死体が葬られてからも（八年後の八一九年、ルイ敬虔王がバイエルンのアルトドルフ伯の娘ユーディト・ヴェルフと結婚式を上げた後に、ユーグはスフレンアイム〔アルザス地方の町〕で埋葬された）、影は壁に貼りついたままだった。人々は影を指してあいかわらずこう言う。

「あれは鐘撞き男の影だよ。慌てふためいて逃げ出したから、影を置き忘れてしまったのさ」

フランク人のあいだで有名だったこの話は、ここで終わりというわけではない。

エックス＝ラ＝シャペル（アーヘン）出身でザクセン人の画家クリーケヴィルドが、酒を飲んで遊ぼうとやってきたある日、酒場の壁にはりついたこの影を見た。

6　サン＝リキエの影の源

かつて、ある日のこと、フランク人の宮廷に仕える画家が王宮のある温泉地（アーヘン）からやってきた。フランク人最初の首長となった聖リキエの修道院の地下の、サン＝マルクールの泉へとつながる礼拝堂の円天井と採光窓を描きにやってきて、修道院の敷地に隣接した村の酒場の壁に残る影を見つけた。画家はそれをもとに別の世界を創ろうとした。画家クリーケヴィルドは、鐘撞き男の逃亡の跡に触れはしなかった。画家の目には、その染みは現世との告別の象徴に思えたのだ、別れの痕跡であるだけでなく。人を逃げ出させる激しい恐怖の影。その逃亡は、世のあらゆる僧の隠遁に等しい。画家は一本も線を書き込まない。どれほど淡い色も塗り広げない。影が存在するにまかせ、神秘に満ちた湖のように描き、二つの岸で囲む。白鳥が水浴びしようと一方の岸に近づいてくる。水を飲もうと一角獣がもう一方の岸に近づいてくる。その上には柳の木が並び、泉まで続いている。エルミニアとおぼしき女王、女神だとしたらおそらくアルデュイナ〔ガリア人の崇拝した大地母神〕が、追ってくるキリスト教徒の騎士たちから逃れようと走っている。振り返ると、遠くに鬱蒼とした森が描く真っ黒な線が見える。まず女は身をかがめ、枝をくぐろうとしている。次に、森の中を馬に乗って駆けている。うまく男たちを巻く――しかしあまりに急いだので、自分自身、追っ手を振り切ったとき迷子になってしまった。彼女は長いあいだ、どこを進んでいるのか、どこへ向かっているのかもわからないまま駆けていく。夜闇がだんだん薄くなる。牧人たちが石を積み上げて作った山中の家屋の近くまで来た。夜明けの光が差してくる。暁の雫が肌に触れる。彼女は馬から下りる。生き物の姿がひとつもない黒い湖に流れ込む泉のほとりで眠りこむ。体を震わせ羽の露を払いはじめた鳥の歌声の中、百合の小さな花が咲き乱れる岸辺へと、泉からあふれ出た水は穏やかな波を打ち寄せ続ける。やがて、八人の小柄な牧人たちがやってきて、鳥の声に答える。ミュゼットのかん高い節がポプラのこずえにこだまする。牧人たちは、馬を連れた美しい女性が眠っているのを見つける。角笛の先から口から離し、眠れる森の女神に近づいていく。ゆっくりと膨らむすばらしい二つの乳房を眺める。金糸のような髪の光に怖じ気づき、その前でじっと黙りこむ。八人とも地べたに座り、女神が息をし、眠っているのを見守っている。リフレインを吹きもしない。八人とも八本の笛を足元に投げ出したままだ。閉じた瞼のまわりに、輝く女王の髪に負けず劣らず金色に輝く八つの花かごを編む。背丈が二メートルもある鹿がゆっくりと近づいてくる。馬と八人の小さな牧人は鹿を通すために道をあける。十の枝角をもつ鹿が若い女の馬の様子を探りにくると、馬も従属のしるしに首を鹿の方へ伸ばし、おだやかに向きを変える。馬は鹿を少しも恐れていない。大きな鹿は枝角をゆっくりと下げ、自分の森の奥で眠っている女神アルデュイナのそばへ水を飲みにくる。鹿は岸の小石のあいだに輝く水を舐め、膝を折って座る。すると女神は、太陽を守っているハシボソガラスよりも黒い目を開く。女神は涙を流す。すべてが暗い原初の湖へと向かうあの水に合流し、水は再び湖から流れ出る。というのも、人間の顔を流れ落ちる不思議な水は、ときおりその水と混じり合うことがあるようなのだ。人の奥底で、水がただ乾いてしまうこともあるように。わたしは、この水が内奥で蒸発してしまった人間に会ったことがたびたびある。

7　マントンの湾に現れた聖ヴェロニカ

布の上に水滴が落ちて染みを作った。近づいてくる死に怯える男を見たごく平凡な女が、エルサレムの小さな通りで、自分の髪を包んでいたベールで彼の顔を拭いてあげた〔聖ヴェロニカがキリストの顔を拭いた布にその顔が浮かび上がったという伝説がある〕。

ヨハネの書にこうある。「天と地は消え、海はもう存在しなかった。そこでわたし、ヨハネという名のわたしは辺りを眺め、原初に創られたものが壊れていくことを理解した」〔「ヨハネの黙示録」二十一章より〕地表に最初に現われたすべてのものは、水中から出てきた後、一つ、また一つと消えていった。遠く、海の上に立ち上りはじめた靄のようなものの中に、途方にくれた女性の姿が見えた。女は、原初の存在や様々な光とともに消えてしまった外側の世界の向こうに立っていた。

それは、自分のお腹の上の顔を手に抱いた影だった。

エルサレムの高台にあるかくも脆い神殿からやってきた聖ヴェロニカは、こうして静かにマントン湾の海辺に現れた。

さまよえる死んだ女は、荘厳な姿で、なんとも悲しげな微笑みを浮かべ、影に覆われた衣をまとっていた。アケロン川のほとりで甕が水を吸い取る間に、その背丈はどんどん高くなっていった。

汚れた水が腿のところまで達した。

女がチュニックをたくしあげると、柔らかで繊細な濡れ輝く黄金の毛に囲まれて、神の顔ではなく黒い穴が見え、人々の視線はそこに否応なく集まった。

向こう側の世界へ渡ろうと、興奮して小さな叫び声をあげる影どもに体を開く、そここに出現する娼婦よ！

我々、男たちは、おまえの暗がりに小さな灰色の魚をすべりこませることしかできない。

8　ルーヴィエの道

わたしは、あらゆる土地の名が「ベック」か「ブフ」で終わる地方で生まれた。「ベック」とはせせらぎだ。「ブフ」は小屋だ。トゥルラヴィルという土地の名はトルラックの農場を指していた。わたしはヴェルヌイユで、福音史家ヨハネに捧げられた教会の廃墟の向かいに住んでいた。ルーヴィエ〔ルーはフランス語で狼〕は狼の住処のことではなく、「古くからある場所」という意味だった。ヴェルノンの参事会教会の近くには今でも、窓に木の張り出しがついて、壁に素晴らしい受胎告知像がかかった大変古く美しい家がある。長いあいだ旅籠屋として使われていたこの家は、「いにしえの時」と呼ばれている。

9　寡黙なテオトラーダは振り返ってベルトと沿岸伯を見る

女は振り返った。愛する男が姉と話しているのが見えた。それから、自分のそばにいる友人たちや若い王侯貴族たち、召使いや奴隷を眺めた。誰の目もうつろで、この世界から視線をそらしていた。しかしどうだってよかった、女は自分の姉と話しているあの男を愛していたのだから。宮廷の人々からそっと離れ、二人を追っていった。二人は歩を速め、石のアーチの下にある泉のほとりで立ち止まった。壁には大きな藤の房が重そうに垂れている。姉が男の性器をつかみ、肉の覆いをはがし、指のあいだで動き出した奇妙な蛇を自分の中に入れるのが見えた。

10　わたしたちの奇跡に満ちた生について

古い時代に書かれた物語には、しばしば奇跡や驚異が語られている。今日でもわたしたちの生活に、昔と同じく不意を襲って奇跡が訪れる回数が減ったわけではない。往時のように出来事が心に刻まれるということがないだけだ。かつて、共同生活の仕事の繰り返しの中には、魂をひどく刺激する新しいものは少なかった。

奇跡に出会った驚きが記憶から消えてしまうのは、それを家計簿にも、業績録にも、年代記にも、日記にも、歴史書にも、手帳にも書きかねるからかもしれない。

そのため、奇跡は今でも至るところでしばしば起きているのに、ずいぶん少なくなったように思える。

多くの禁欲者たちが幸福の国への道をたどるにもかかわらず、もはや、現世の苦悩からいかにして解放されたか語ろうとしないのも事実だ。仲間を警戒しているのだ。なぜ自分の幸福を漏らす必要があろう？　嫉妬されるのが怖いのかもしれない。ひっそりと、気を散らすことなく閉じこもって暮らす。孤独の中で、平安は一秒たりとも見失われることなく、死の瞬間まで深まり続ける。波は人の奥底にとどまっている。まぶたまで上ってきはしない。おそらくそうした人々は自分の幸福を古代の人間よりもずっと強く愛し、抱きしめているのだろう。彼らは生の最後の瞬間の想像しがたい喜びを、かつてないほど、俗世から守ろうとしている。

11　男と女の陶酔について

かつて、男も女も、陶酔の時が近づいてくると息を止めることがあった。

すると突然襲ってくる歓びはより深いものになった。

なぜだろうか。聖アンセルムス〔一〇三三―一一〇九。イタリア出身でノルマンディー地方ベクの修道院長、ついでカンタベリーの大司教になったスコラ哲学の先駆者〕の「魂を引きとめよ！」と題された説教が一つの答えを与えてくれる。この説教はおそらく、キリスト教の歴史が始まって以来キリスト教の修道士が書いたもっとも美しい文章だろう。

歓びを待つこと、それはいつ起きるかわからない素晴らしい失調を待つことである。

身体は、そのような高揚も失墜も予測しきれない。

女も男も、起きるかもしれないこと、手をすり抜けていくかもしれないことを準備できない。その失調の前では目を見張ることしかできない。実際には目は自然と閉じ、夜とは異なる闇の奥へと一気に飛び込んでいくのだが。幸せとは、沈みこむことでなくて何であろう。予想だにしなかった失神の痕跡が一つもない歓びなどありえない。それこそ、わたしが今日あなたがたにしたかった説教なのだ、兄弟たちよ。魂を引きとめよ、キリストがいまわの叫びをあげるまでそうなさったように！　その時、キリストの唇には古き言葉が戻ってきた〔十字架上のキリストは「神よ、神よ、なぜ私を見捨てられたのですか」とアラム語で叫んだ。「マタイ福音書」二十七章など〕。だが世界の底の完全な漆黒に埋もれることについて、これ以上はお話したくない。それを語る者もまた、闇に引きさらわれていくのだから。

12　マクラ

「やせこけて入ってきたきみ、きみはこの住処から今、やせこけて出て行かねばならない。きみの顔はもう、額と光る眼差しだけ。きみの髪？　きみが子供だった頃の、毛が抜け落ちた思い出でしかない」

「耳の周りに漂うのはもう、いなくなった人たちの声だけ！」

サールは口を開き、アルトニッドに答えた。

「明るいところでわたしを見ないで！　わたしらしい顔を失くしてしまったのだもの。目はつぶされてしまった。死の罠にかかったのよ。いつ？　記憶の中を探ってみなければ。いったいいつ、罠が開き、あんなにすばやくわたしの生を捕えてしまったのかしら？」

「夜ではなかった。湾の水面は帆船やロングシップ〔サクソン人や海賊たちが沿岸を襲うために使った細長い船〕で埋め尽くされていた。兵士たちが修道士や神父を殺していた。伯は水中に転げ落ちた」

「真実はこうよ。問いは三つ。『どこ』はどこ？　『いつ』はいつ？　『なぜ』はなぜ？」

「きみが何を言いたいのかわからない」

「では、頭から片時も離れない問いを別の言い方で言ってみるわ。たぶん、さっきの問いはぜんぶそこに入っているの。わたしが崖の上の洞窟にいた時、あなたが海の水につかり波にもまれながら、剣や櫂や槍や斧に抗して勇敢に闘っていた時、なぜわたしの気づかない間にあらゆる問いは閉じ、封じられてしまったのかしら？　なぜ、わたしの目で見ることのできない所にあなたが発ってしまってから、不可視の世界で何もわたしの関心を引かなくなったのかしら？」

13　愛についての聖アウグスティヌスの説教

聖アウグスティヌスは、この世に生まれ出る時にわたしたちの顔を包む光は、顔を生む愛のようだと述べた。兄弟たちよ、とカルタゴにあるローマ時代の荘厳な大聖堂の説教壇の上から彼は叫んだ。本当のところ、光は原初にあったものではないのです！　本当のところ、愛は第一にあったものではないのです！　愛は力のかぎり、異なるものすべてへの憎しみと闘います。愛は未知のものを前に狼狽するばかりで、近づこうという勇気より、逃げようとする用心の方が勝る。愛は、父の家に入ってきた見知らぬ人を怖がる子供に似ています。目を脅かし、恐怖で見開かせる攻撃性を愛はおおいにはらんでいます。あるその目は、見ているものに魅せられているというよりも、見ることへの恐れに魅せられています。ある身体が別の身体を欲するとき、肉体をつき動かす焦燥は、行きつくところの陵辱の荒々しさをできるかぎり抑えようとします。ですが、それは抑制にすぎません。引き止めようとする力にすぎません。飢餓に破壊しかはらまれていないように、欲望は苛立ちをはらんでいます。産毛が生えて、表面が少しくすみ、でこぼこした赤い小さな木イチゴの実、果粉で覆われた濃い紫のブルーベリーの実、ぶどうの房の金の実は、皆さんの唇のあいだから体内に滑り込んだ後、どこへ行ったのでしょうか？　わたしには申せない暗がりへと下りていったのです。暁の光が射しそめる頃、森の空地を駆けていた牝鹿はどこへ行ったのでしょう？　崖の上の草地を夜じゅう、あんなに楽しげに駆け回っていた子うさぎはどこへ行ったのでしょう？　鹿やうさぎは、自分を焼く炭火から立ち上るおいしそうな匂いと別れると、言葉にできない闇に閉ざされるのです。恋人たちが、一方はワンピースを頭上にたくし上げ、もう一方はズボンを足元まで下げるとき、二人がともにいる薄暗がりに射す柔らかな光も、それと同じではないでしょうか。恋人たちのもと、わたしたちのもとに戻ってくるのは、原初の闇なのです。肌を露わにする身体に少しずつ広がっていくのは、母の胎内の闇です。その闇は膨れ上がって巨大な波となり、かつてその中で命を得た身体、いまだに自分が包みこんでいる身体の上へと、説明のつかない勢いで戻ってくるのです。すると恋人たちは、もっと強く歓びを感じよう、かつて知った世界に飲み込まれるに任せようと、目をしっかり閉じます。生まれ出る前の世界は、引き込んだ二人の魂を完全に分ち、招き入れて溶かし込もうと、二人の魂に呼びかけています。

III　（ヨーロッパはどこに始まるのか）

1　ピレネーの峰

フランク人たちがスペインを後にしなければならなくなった時、コルドバの総督が指導者の援護を諦めた時、オットマン・ベン・アリナッサがウード〔西フランク王（在位八八八―八九八年）〕と結んだ締結を反古にした時、フランスに戻ろうと戦士と馬と荷車が強行軍でピレネー山脈を越えていった時、馬と車を操る男たちは歌う気になれなかった。そばにいる神々しい動物に小声で語りかけ、小径を注意深く進んでくれと頼み、手綱を優しくひいて、岩につかまりながら進んだ。

樅の木は雲にとりわけ愛される樹だ。

樅の木は雲に向かって伸び上がる。雲はやってきて旋回し、木に近づき、ひっかかる。ふと木に寄りかかる。木と雲は分かちがたい仲間で、素晴らしい恋人でもあるにちがいない。樹の頂、幹、根本、そのすべてを包む樹皮も、不思議な衣をつかまえ、引きとどめようと背伸びする。すると雲は木を情熱的に、何度も繰り返し蒸気で抱きしめる。

雲は戻ってくるたび、ますます重たくなっている。水を滴らせる。心がわりすることもない。

雲は光が嫌いだ。

雲は、空が魔法のように作り出す雪が好きだ。


フランク人の連隊が雲の厚みの半分ぐらいの高さまで到達したとき、人々の剥き出しの顔と長い髪は見えなくなり、馬の見事なたてがみも見えなくなった。

ロンスヴォーの峰で七七八年八月十五日、聖マリアの祝日に、霧になった温かい雲の中で、宮宰エッギハルド、ブルターニュ辺境伯ロラン、宮中伯アンセルムは、バスク人たちが投石機で飛ばした石に打たれ、命を落とした。

2　生誕の女神

ブルターニュ辺境伯ロランの訃報が届くと、オード〔前出、ロランの親友オリヴィエの姉、ロランの婚約者〕の顔からは血の気が引き、右回りに三度回り、キリストがゴルゴタの丘で最後の日に顔を傾けられたように、左側に倒れた。

オードは息絶えていた。

サールはこう予言した。
「女神よ、もう狩人はいない
去るがよい女神よ、不死の者に死を見る権利はないのだから
あなたは司祭の欲望を正面から見つめる勇気もなかった

その男はアクタイオーンと言った
自分の方へそそり立つ性器をあなたは正視できなかった
欲望にかくも恐怖を抱く奇妙な女神よ！
死にも眼差しを注ぐなかれ
世に子供の生誕しか見ようとしない女よ！」

3　アルトニッドの愛

山が高くなるほど、山肌は空の冷気にさらされる。冷気で岩塊が削られ、岩の切っ先は鋭くなり、氷に砕かれていく。こぼれた岩は斜面を転がり落ちる。雨が岩を穿ち、急流はどれほど重々しい山塊にも溝を刻み、削っていく。頂上から滑り落ちる雪は窪みにたまり、氷河を作り、氷河は窪みの壁を押し、重みをかける。氷河の働きで窪みはしだいに圏谷になり、そこから川が流れ出す。川は、山肌の凸面に大きな溝をゆっくりと刻んでいく。

こうして山はそそり立ち、自然は彫り上げられていく。

天つく山塊ほど、峰の先端は尖り、浸食作用は激しく、山肌は切り裂かれ、流れ出す水は急流となって白く泡立つ。

光の破片が稲妻になる。

遠くから眺めると、松のあいだを流れ下る水は山頂を覆う雪のように白い。

かつて、山脈のあちら側、アンダルシアのイスラムの土地に、アルトニッドが崇める二歳の牝馬がいた。

しばらくのあいだアルトニッドは人間への愛を忘れ、女を愛さず、自分のカケスのことさえ考えなかった。馬に夢中になった。その頃のアルトニッド王子は、馬たちとともに海で死にたいと願った聖ヒッポリットそっくりだった。馬たちの顔は、剥き出しでぺたんこで怯えた人間の顔よりもよほど美しく思えた。

アルトニッドは、林や森、海岸、砂丘、荒れ野に愛を注ぎ尽くした古代の英雄を敬愛するようになった。

岩屑、落ちた岩盤、洞窟、洞窟の穹窿、そこに響くこだま、山に弾む風に夢中になった。

アルトニッドは他の何よりも孤独を愛する者の代表のようになった。自分の手で充足を得られ、迫り来る快楽はむしろ高まって歌に昇華した。

アルトニッドはアルテミスに恋していると公言してはばからなかった。裸体とそれを包む沈黙のほうが、官能やぎくしゃくしたあの行為や叫びよりも魅惑的だった。

そしてアルトニッドは野性の恋人になった。「原初」が野生を求めていたのだ。将来の至福よりも、また時間が終焉を迎えるときキリスト教の騎士たちを包み込むという永遠よりも。

聖ヒッポリットはかつてこう言った。「この世での各人の持ち分は限られている。魚が水の中で暮らすように作られているなら、群衆は宮廷で過ごすようにできている。鳥は条件の変わりやすい空へ舞い上がるのを好む。飛び跳ねた猫は離れてひとり静かに、近づく者には不安げな眼差しを投げながら毛皮を舐める。そのように、わたしも野性の心を持っている。わたしは日陰を好む紫陽花に似ている。自分の巣のありかをめったに知らせない鷹に似ている。言葉など、あなたがたを自分の腕の中に引き寄せるために、ありもしない運命を捏造する嘘つきや死んだ老女たちにあげてしまおう。わたしほど誰も騙そうとしたことのない男、何かを偽ろうとしたことのない人間はどこにも存在しない。というのもただ、他の人間との接触を拒んできたからだ。父よ、わたしはあなたを愛していない。わたしは男たちがきらいだ。あなたの妻に欲望を抱くことなどありえない。わたしは女たちを避けてきた。柱廊の壁に描かれた愛のポーズしか知らない。継承の時が訪れる前にあなたの宮殿を奪おうと思ったこともない。愚かしい推測の数々でわたしを貶めようとしても無駄だ。衛兵、侍女、さまざまな顔、不平、窮屈な物事がひしめくあなたの宮殿にわたしが君臨することなど永遠にありえない。わたしの上を這う視線、じろじろと観察し、品定めする視線が嫌いだ。大きな町、人を辱める権力、人の品位を奪う隷属、人を恨みや怒りでいっぱいにする命令が嫌いだ。わたしが好きなのは孤独だ、くつばみも勒も手綱も鞍も蹄鉄もつけていない馬たちだ。馬のしなやかな身体が好きだ。わたしは流れゆく水、飛び込み、上がってくると、人はいつも生まれかけているとわかり始めた最初の日のように、裸で初々しくなれる水が好きだ」

4　ベレロポン王子について

頭から落馬した者は
(馬から落ちて真っ逆さま《アプ・エクオ・プラエケプス》)
目を失った
脚を折った
美に包まれて逝った
死を引き当てた

アレイアで
流れる砂にとらわれたヒッポリットのように
波間に転がるヒッポリットの首のように

5　チグリス川に揺れる松明

七七八年にロラン辺境伯は、自分の馬が死んでしまったので、山の中腹で松の木に寄りかかって死んだ。

七七八年、ブルターニュ辺境伯ロランが息絶えた八月半ばのまさにその時、宮殿の庭に闇がそっと下りてきた頃、カリフのハールーン・アッ＝ラシード〔二三頁の割注参照〕は急に激しい不安に喉を締めつけられた。

彼はうめき出した。大臣ジャアファル・アル＝バルマキーを呼んでこう言った。

「外に出たい。眠れないのだ。宮殿にはいられない。わたしの中の何かが不安がってわたしを引き裂く！　宮殿から出よう！」

彼らは着替えた。奴隷たちに服を脱げと命じ、身元がばれないよう貧者の服を着込んだ。衛兵たちが通る地下通路をたどりチグリス川の岸に出た。

チグリス川に船を浮かべている年取った男の姿を見て呼びかけた。

「なんと言う名だね？」

「アギュスだ」とアギュスは答えた。

老齢の男だった。首を振り向けるのもつらいようだった。

「アギュスよ、闇の中、川面にわたしたちを運んでいってくれ。おまえの松明を灯して。お礼にこのディナール金貨をあげよう。ランプの油代として、もう一枚あげよう」

「だめだ。ハールーン・アッ＝ラシードがこの世界に君臨しているかぎり、松明を灯して川の上を漕いでいくような向こう見ずな者がいるものか」

ハールーン・アッ＝ラシードが外套の前をはだけると、ぼろ外套の下に、太陽のように輝く服が見えた。

「命令どおりにしないと命を落とすぞ」

年老いた渡し守は白い髭をなでた。長いあいだ迷いはしなかった。というのも、ハールーン・アッ＝ラシードが激しい平手打ちを食らわせたからだ。

アギュスはふらふらと船底に立ち上がった。松明を灯すと、帆柱の鉤になんとか引っかけ、奥の席に座って舵を握った。こうして闇の中、暁まで、岸に沿って航行していった。

戻ってくると、バグダッドの死刑執行人マスルールがアギュスという名の年老いた船頭の首を切った。

6　女たちの馬車の左車輪の下に

ブルターニュ辺境伯でヴァンヌ公だったロランが、死んでしまった自分の馬のそばで、まったく音の出ないオリファン〔ロランが持っていたよく響く角笛〕に息を吹き込んでいたという逸話に似た話はほかにもある。太陽が沈み、不安が喉を締めつけるとき、カリフのハールーン・アッ＝ラシードの不眠をときおりなだめてくれた物語に似た話はほかにもある。スペインからの帰途にあったフランク人の王をめぐる奇妙な伝説があった。ピレネー山脈の支脈まで戻り、八月の灼熱の中、軍隊の先頭を進んでいた時のことだ。一行は石がごろごろと転がる道を行く。大帝はふと、小さな茶色い雨蛙が石から石へと飛び移りながら埃っぽい道を横切って行くのを目にした。シャルルマーニュもハールーン・アッ＝ラシードのように叫んだ。ただし、「叫ぶ hurler」という言葉は、フランク人にとってまったく違う意味を持っている。フランク人の言語で「叫ぶ hurler」とは、狼特有の吠え声を発することだ。

王は吠え、乗っていた馬の手綱を引いた。馬は立ち止まった。

シャルルマーニュはもう一度叫び、女性たちが乗っていた後続の馬車はすぐさま停まった。

王は喉を振り絞り、狼のように叫んだ。

残念ながら王の叫び声、というか二度目の「狼の吠え声」は無駄な叫びとなった。

王は、外側の鉄が小道の上で輝いている左の車輪の下につぶされた小さな雨蛙を見て、ただ呆然としていた。

軍隊全体が静止した。王は馬の上でむせび泣いていた。

テオトラーダは馬車から降り、父のそばへ行った。

「泣かないでください、父上。沼や湖に行けば、似たような蛙は百匹だって見つかりますわ」

「沼や湖に蛙はたくさんいるだろうが、わたしが助けられなかったのはこの蛙なのだ」とシャルルマーニュは娘のテオトラーダに答えた。

娘のギゼラ（ギゼルドリュディス）がやってきて父親の手を握った。

娘のエメンは何も言わず父のそばに立ち尽くしていた。

今度は娘ベルタが父に近づき、しゃがみこみ、茶色い犠牲者を指でつかんだ。

「水をはった鉢に入れてみましょう。手当てしてみます。もしかすると治るかもしれません」

「すっかりぺたんこになって裸じゃないか」

「蛙はみな、ぺたんこで裸ですわ」

「繰り返しになるが、この蛙はほかの蛙と違ったんだ」

「クレッソンの葉を食べさせてみましょう」とギゼラが言った。

「山で小さな実を探してきて、少し牛乳を混ぜて食べられるようにしてみましょう」とエメンが言った。

「悪い予感がする」とシャルルマーニュは娘のベルタに言った。「この蛙は死んでいるように思えてならない」

夕方になって、野営の準備ができ、皆が眠りにつこうとしていた時、王は娘のベルタの天幕へ、鉢に入っている怪我した蛙を見に行った。蛙は相変わらず死んでいた。すでに縮んでいた。

そこで王は言った。

「先ほど夜の帳が下り月が昇ったとき、草むらに分け入り、山の岩肌にしがみついているひょろひょろした樹の根元におまえを探しにいったのだ。でも、おまえに似た蛙はどこにも見つからなかった」

王はアルトニッドという名の孫のことを思い出していた。


王の後ろでは、天幕の影の中に娘が立ちつくしていた。

「撫でてみてくださいな」と娘は言った。

王は鉢の水をこぼし、女性たちの馬車の車輪に轢かれた小さな雨蛙を手の平にのせた。

蛙の腕はだらんと開いていた。

蛙の手指はか細かった。

影の中で蛙の姿はよく見えなかった。

王は天幕から出ると、腕を開いた雨蛙を手のひらに乗せてずっと撫でていた。

満月の月の光のもとで蛙をじっと見た。

そして微笑んだ。

「わたしたちはみな剣のかけらというわけではないのですわ」とベルタは囁いた。

アインハルトはこの話を八三一年、ゼーリゲンシュタット〔現在のドイツ、マイン川沿いの町〕で、『カール大帝伝』に記した。

7 サイレーンの歌

不意に、サイレーンの甲高い声が聞こえてきた。男は舵を切らず、声の方へまっすぐ近づいていった。鳥がやってきてアルトニッドの頭上を旋回したが、母のような声、いや自分の内から聞こえてくるもっと年取った女性の声が彼に囁いた。「止まらずに通り過ぎなさい！」どのみち、アルトニッドは生涯、留まることなど考えたこともない男だった。サイレーンの島を二周し、別の方角へ向かった。しばらくすると舵から手を離し、船を波にまかせた。風のままに漂っていった。

8 愛の頬、耳、絹について

バルセロナの地方総督スレイマン・ベン・アル＝アラビはビラッソ＝アル＝イフラング（フランク人の国）を去ることにした。

サールはほどなくこんな愛の歌をうたった。

「相手に何度も視線を送るようになるところから、それは始まる。

ためらった末ある日、指がそっと、ゆっくり、おずおずと、かすかに、密やかに、一瞬、目の前の別の体の前腕部に触れる。

ある日、見つめている手の甲に、手の平が卵の殻みたいに重なる。

手の下の手は逃げない。

体が近づかなくても、ふと、見えない近さを感じるようになる。

ある日、寄り添う必要もなく、二人の体はいつまでもそばにいるような気がしてくる。

それから、すべてを語りかけたい耳元に口を近づける。

赤っぽい黒髪を口でかき分け、なにか囁く。

唇が絹糸のような毛ともつれ合っても、あの不思議な貝には触れないでいる。

ある日、ついに、目は体全体に値する一点をじっと見つめる。

この日は、愛が存在する唯一の日。

身にまとうものが重く感じられる日。」

この日、体は焼つくように熱い。目の奥で水が揺れる。肌が足元からだんだん赤くなり、腹を染め、臍の上までくると上半身に広がり、胸に達して乳房は張りつめ、まなじりまでのぼって目は見開く。声は低くなる。手首は袖から伸び、指は二つの体のあいだに滑り込む空気をかき分け、リボンを解き、ホックをはずし、ボタンをはずし、開き、愛撫する。そして柔らかなものに触れる。

9　鳥は魚を捕らえる

高台に、風で端が欠けた大きな石像があった。

曲がったくちばしに魚をくわえようとしている猛禽の姿をしていた。

「漁師を救われるキリストです」、リュシウス修道士は学問を教えながら若きニタール王子に説明した。アルトニッドが馬を愛したなら、ニタールは鳥に夢中だった。鷹やハヤブサ、大鷹、白ハヤブサ、ヒゴハヤブサ、ハイタカ、コチョウゲンホウボウを愛した祖父と同じように。

リュシウス修道士はサン＝マルクールの森の小径で出会った黒猫を恋人のように愛していた。修道士たちの小部屋の石屋根や、修道院の庭に突き出た庇が黒猫の縄張りになった。

子猫は、雀を一羽、また一羽と主人のところへ運んできた。

リュシウス修道士は即興でこんな詩を作った。

「たかぶって渦巻く大きな群れよ、きみたちの列は空に奇妙な文字を描く
神だけが読み解かれる文学
薄闇の中にやがて消えていく、
きみたちの姿は今、海から来た雨の帳の向こうに見えない
だがある日
ここから旅立ち
はるか遠く、太陽を道案内に島へと向かい
人間の世界の上へ駈け上って空に消えていくきみたちは
だがある日
同じ石の割れ目に戻ってくる
変わらぬ隠れ家に帰ってくる
時の流れに佇む一度きりの春の
ささやかな片隅に」

アルトニッドはある日、そのたくましさゆえにある男を愛した。
ある日、その優しさゆえにある女を愛した。
ある日、その美しさゆえにある馬を愛した。
ある日、アルトニッドはコルドバにいた。ある日、サンスにいた。ある日レキャヴィクに、ある日グレンダロウに、ある日アークローに、ある日ダブリンにいた。
ある日プリュムに現れ、ある日バグダッドにいた。
ある日ローマにいた。
ある日ボスポラス海峡で、レアンドルがそのてっぺんからマルマラ海に飛び込んだ塔の前にいた。
〔ギリシャ神話で、恋人に会いにいくために毎晩湾を泳ぎ渡ったレアンドルは、目印の光が風で消えた夜に溺れ死んだ〕
今日アルトニッドはリムニを愛している。
けれど、尾が青く
黒い冠羽を震わすカケス、声は耳障りだが
尾羽のつけ根はまっ白、
ドングリが麦粒よりも好きなカケスだけが
アルトニッドの行く先どこへでもついていく、
鉤型に曲がったくちばしを開いて彼の声をまね
自分の翼が向かうところへアルトニッドを導いていく

10 リムニの牝馬との別れ

魔法使いの老女サールはソム湾の崖を決して離れず、時にはアルトニッドの欲望を非難し、彼が姿を現すやいなや、口でその欲求を満たした。アルトニッドはサールにこう言った。

「どうして雨が不幸だと思う?」

アルトニッドはかつて十四歳だったとき、サールがまだあの忘れられない青い目をしていたとき、サールにこう言ったものだった。

「ぼくのものになって、季節を忘れてくれ!」

サールはこう答えた。

「あなたの愛する弟は時間をちぎる、年老いた女狼は時を刻む。放っておおき。あなたの弟は王様のために時を分割し整理するがいい。あの人が書く『歴史』のリズムが弾むよう、面白い出来事に切りきざむがいい。司教座に座っているあなたの弟の姿が時のかなたに見える。柘植の木枠がついたルーペを鼻の上に当てているのが見える。革表紙の本に両手をのせ、宮廷人のような恰好で年若い王様のそばに座っているわ」

するとアルトニッドはサールに言った。

「弟には鷺鳥の白い羽、ぼくにはカケスの青と黒の羽、そしてメンフクロウの雪のように白いお腹!最後にもう一度、白い毛が生えたきみのお腹を開いてぼくを迎え入れておくれ。ぼくたち一人一人が生まれてくる前のように、原初の闇が毎晩、世界を包み隠してくれるのはすばらしいことだ。かつてぼくらを産み落としたきみは、ぼくが後から生まれてきたのを知っているだろう!」

年老いたサールは、時が経つにつれますます老いていったが、アルトニッドに言わせておいた。サールは想いが顔に表れないように繕っていた。それから目を失うと、体の音が彼方へ消えてしまうのを待ち、死んでしまった目と一緒に泣いた。

四十年後、アルトニッドがリムニ〔ギリシャの東方にあるエヴィア島の村〕の牝馬と別れたとき、ひとりでに声が宙に語りかけた。アルトニッドはこう叫んだ。

「ああ、岸の砂！
熊、犬、人、鹿、馬、雌ライオン、砂漠の豹を追って
身軽な犬たちと一緒にきみが駆け抜けた背の高い山森
きみはもうウェンド人の牝馬の群を率いることもない
リムニの円形劇場に
きみをまねる若い牡馬のギャロップが響くこともない」

身を切るような寒さが増していった。冬の聖マルタンの日が来ると、若い牝馬たちを小屋に入れなければならなかった。アルトニッドは領地の農民に馬を託した。それがすむと、空で野生の雁を追うようになったカケスについて発った。

11 セネカの輪

不意に、なぜか目に入る青白い哀れな手よ。いつも眺めもせず、この手で書きものをしているという

のに。黒や赤のインクで書きつける文字から三本の指の距離にあるというのに。
ある日、あれほどしなやかで緑の大きな葡萄の葉が、皺くちゃで吹けば飛ぶ、砕けやすいかさかさした赤い紙になっている。
もう完全には開かない哀れな老いた手のひら。
まだ少し血の色をとどめている縮んだみじめな葉。
皺だらけなのに何も書かれていないページ。
アルメニア紙
よじって炎に近づけると
愛する人の鎖骨、三つ編みの生え際に隠れているきゃしゃな骨のように香しい匂いを発した！
ガンジス川の岸で絡みあっているすべすべした三枚の蓮の葉。
二つの川のあいだにたまる粘土。中国の白い紙。がさつき、巻きつき、しぼんだパピルスの日傘は
ある日開く
あくびをする
ナイル川の淡い水面に、暗色の扉のように開くワニの大きな顎
まぎらわせることのできない空腹で裂けるその口！
アルトニッドとニタール、ウード、グレゴワール・ド・トゥール〔フランク族についての歴史書を書いたトゥールの司教、歴史家〕、フレデゲール〔『フランク王国年代記』の著者に擬された〕、アルクィン〔イングランド、ブリテン島出身の修道士、神学者で、カール大帝のもとで教会制度や教育制度について指南役を務めた〕、アリウルフ〔サン＝リキエ修道院の年代記の執筆者〕、アンジルベール、アインハルト〔六二頁参照〕、そしてさらに後代のベルナール〔中世の南仏の叙情詩人〕、アベラール〔十一―十二世紀の哲学者・神学者〕、トゥロルド〔『ロランの歌』の作者と言われる〕、クレティアン〔・ド・トロワ。詩人、騎士道物語作家〕、ヴィヨン〔十四世紀の詩人〕、ベルール〔十二世紀頃のトルヴェールで、韻文『トリスタン物語』流布本系統の作者の一人〕、ルナール〔十二―十三世紀の詩人、作家〕、フロワサール〔十四世紀の年代記作者〕ら偉大な作家

たち、フランク人の聖職者たちもみな、大帝がロワール川、ヨンヌ川、セーヌ川、ソム川、カンシュ川、ムーズ川、ライン川のあいだに創設し増やしていった大修道院付属学校で幼い頃に習った哲学者セネカの言葉を暗唱していた。

それはとても奇妙なことではあった。というのも、セネカの言葉を引用しようとするたび、はじめに習った格言が唇に上ってこない。なぜかわからないが、魂の深奥に埋もれてしまうのだ。まるで、舌の先まで出かかっているのに息とともに吐き出せない言葉、門歯や犬歯を宙に浮かせ、頭の中でなすすべなく不安にうごめくものだけを残す言葉のようだ。彼らの中で一番教養があったニタールでさえ――少なくとも彼が一番先に、わたしが今書いている言語をある晩、イル川のほとりの天幕の中で最初に書き、創り出したのだ――、セネカの言葉を暗唱するのに苦労していた。言い直さねばならなかった、正しいかどうか自信なく、もう言葉に詰まるなんて恥だとでもいうように、腑に落ちぬまま感嘆しているかのように、理解できずにただ発音しているかのように、口の中で言葉を一つ一つなぞって言葉の乏しい意味を確かめようとしているかのように。

神学者たち、司祭たち、神父たち、大司教たちが頭に入れておこうとあれほど努力したセネカの言葉は、素朴で、簡潔で、平凡で、つつましいものだった。「空腹、眠気、欲望の輪の中をわたしたちはめぐっている」。空腹、眠気、欲望は、球形の太陽が円形の軌道を描き、毎日戻ってくるように、わたしたちの生活の中をめぐっている。人間や動物の肉体はそれに従って動く。わたしたちの口、頭、腹を支配する時間体系がそれだ。この主張は間違ってはいない。しかし驚くほど新しいことを言っているわけでもない。忘れられない兄の影のよう、兄の冒険に嫉妬し、旅立った鳥の幻に取り憑かれた巣のようだったニタールは、セネカの言葉をいつも忘れてしまった。

アルトニッドのほうは、双子の弟が苦心して探し出そうとしたことを実行し、想像しようと無駄に努力していたことを成し遂げ、これだけは手に入れたいというものはすべてたちまち実現した。

自分の夢に足りないものを、兄弟は互いに譲っていたのだ。

一方は、炭を覆う鉄の網がついた箱の蓋に両足をのせて暖めながら文字を書いていた。拡大鏡をのぞきこんでいるアリウルフ修道士の横で。ギリシャ語を転写しているリュシウス修道士のそばで。小さな黒猫がリュシウスの手の上に乗ったり、鵞鳥の羽ペンを持ち上げたり、ナイフを書見台の端に少しずつ押しやってはがちゃんと床に落としたりして遊んでいた。

もう一方は、船に乗り、馬に乗り、欲望、恐れ、嫌悪、恥を隅々まで味わっていた。世界の別の片隅で、世界の反対側で。


「空腹、眠気、欲望の輪の中をわたしたちはめぐっている」

まさに、歩き回り、眠り、駆けていく猫たちの素朴きわまる生活そのものだ。

進もうとする足を導き、地に影を投げかけ、進む時間のなか立ち止まらせる歌。そのように頭にからみつき、繰り返し響いてくる歌は一つしかない。絶えず同じ力が心を駆り立てる。強欲、貪欲が憎しみを牽引し導いていく。人間が蒸留し、煮たて直し、再蒸留し、改良し、凝縮し、純化するあの黒い液体にほかならない悪は、抑えがたい力に引きずられていく。悪は人間の内部にある――と、アルトニッドが船で出発して以来、ニタールが手本としていたセネカは書いている。水底で自分の姿を隠して生き延びるためにイカが吐く墨と同じだ。美は何に寄り添うのだろう？　どうしてそんなことを口にできよう？　美は何にすがりつくのだろう？　嫌悪を覚えずに言えるだろうか？　ウードの心は渦巻きはじめた。フレデゲールの心は激しい不安でいっぱいだった。アルクィンはもっと慎重だった。パウルス・ディアコヌス〔八世紀のベネディクト会修道士、著述家、『ランゴバルド史』の作者〕はある種の不安を感じていた。グレゴワール・ド・トゥールは憶せず批判した。なぜ、宗教上の規定、狩猟の秘技、農民の格言、職人に伝わる秘訣、家庭の決まりごと、社会の義務、子供がやってはいけないことなどを書き連ねた書物が、数えきれない法則をつくりあげているのだろう？　補食活動を制限し、空腹にたがをはめ、喉の乾きをおさえつけ、土地を休ませ耕作を禁じ、性的興奮を抑圧するための、軽罪から死罪までを定めた数限りないリストがなぜ存在するのだろう？　実際にはいたるところで人は略奪し、盗み、陵辱し、火をつけ、貪り食い、殺しているというのに？　自然がわたしたちを産み落とした、偶然と気まぐれが支配する場から自立し、神意に沿って、道徳的に、自ら日々の決断を行えるとでもいうのか？　集団の中で血縁のつきあいを絶ち、偶然や恐れやめぐり合わせを無視して生きていけると？　動物や人間や鳥の生活はとても粗野なものだ。相手を魅惑しては、別の場所に移ろっていく、きれいごとではすまない、疲れを知らない狩りだ。

　胸を波打たせ、何度も繰り返される荒々しい疾走だ。
息を切らし歌いながら進む疾走。

12　連なる野性の声

闇の中でコキンフクロウが突然「ウー、ウー、ウー、ウー」と四つ続けてうなる声、森フクロウが「ユー、ユー、ユー、ユー」と四つ歌う声を思いがけず耳にすることがある。

夜の鳥フクロウは猫でもある――こずえの葉を散らし大地を引き締める寒気を破り、この「ユー」という奇妙な鳴き声を急に発するから、「ユーという猫《シャ・ユアン》」とも呼ばれる。

その鳴き方を表すのに「ユーと鳴く」とも言うし、続けて声をあげるから「ユールユールと鳴く」とも言う。一つにしておくか二つにするか決められないのだ。出現と反映、ある顔とそれにそっくりな顔、ニタールとアルトニッド、唯一のものと繰り返しのあいだで逡巡するように。

鳥の名は他の言葉のように言語上の取り決めではない。鳥の名から語彙が生まれることもある。

鳥の名はその歌声から派生する。

鳥の顔は、さまざまな言語の文字のように線書きではない。文字も鳥の顔から生まれることがあるけれど。

メンフクロウ《シュエット・エフレ》のびっくり顔はあらゆる動物をびっくり《エフレ》させる。

人間さえも。


不滅の石のようにまん丸で艶のないオニキスの目をしたびっくり顔のフクロウよ！

羽が樹の幹の色をしているから、この飛ぶ猫の背中は闇を通して目に見えない。

「ユーユーいうすてきな猫《シュエット》」は、朝日が射しそめるやいなや背を向けて眠りはじめる。目と鼻の先で眠っていても、樹の幹と見分けがつかない。それほどにも「背を向け」、狩人にも、魔法使いにも、熊にも、大山猫にも見つからずにいられるよう選んだ背景に溶け込み、一日中、もっと途方もなく大きな夢に身をゆだねているのだ。


春がやってくると口をつぐむ奇妙な鳥。

九月から二月まで、雨の季節から雪の季節までだけ、森フクロウは風変わりな「ユー」を生命の枯れた野に響かせる。

色彩が蘇り、天の穹窿に太陽が高く昇りはじめると同時に、フクロウの歌は休止符に沈む。

フクロウは恋をすると、影の中で音も立てずに狩をする。黄金虫やシャク蛾を次から次へと小さな五つのくちばしのために運んでくる。そのくちばしはまだユーユー鳴かず、いつまでたっても完全に歌らしいものにはならない調べをまだ歌えず、ひたすら叫んでいる。

13 リュシウス修道士と似姿

愛する人の像を自分の部屋の壁に飾るのは心楽しいものだ。

ある日、夕闇の中で愛する猫の帰りをひとり待っていたとき、リュシウス修道士は炭火行火《あんか》から火の消えた炭を取り出し、部屋の壁に自分の猫の姿を描いた。

猫を心から愛していただけに、その絵は完璧だった。壁の上に、小さな猫が後ろ足を揃えて座り、綺麗な黒い目で自分を見つめている。

相棒の似姿が部屋にある。すると、猫が春になって熱をはらんだ夜闇の中を駆けめぐり、そこかしこから響いてくる鳥の声に惹きつけられ、獲物を貪る歓び以上に突発的な狩りの衝動に突き動かされていても、自分の腕を離れ、床のタイルの上を跳ねて窓枠の上に飛び上がり、薄明かりの中に消えていっても、その似姿は恋しさを鎮めてはくれないが、待ち遠しい気持ちをなだめてくれた。

修道士たちの部屋を見回った日、修道院長は猫の絵を消させた。

リュシウス修道士は打ちのめされ、フランク王国の北方沿岸伯でもある修道院長に会いにいった。かわいい猫を描くためにどれだけ心を砕いたことか。あれほどそっくりに描いたのだ。それを消されてしまった悲しみを述べた。

聖アンジルベールはこう答えた。

「なぜ、おまえは嘆き、わたしはおまえと一緒に嘆かねばならないのだ?」

「わたしはあの絵が好きですし、その絵に描かれた猫を愛しているからです」

「黒猫を愛するなど、キリスト教が支配するようになったこの世界で勧められたことではない。黒猫はもしかすると、顔をのぞかせ、毛皮をさらす悪そのものかもしれない」

「そんなことはございません。神は世界を創造なさったとき、善きものしかお創りになりませんでした。悪運をもたらすものなどこの世に存在しません」

「悪運をもたらすなどと誰が言ったのだ？」

「では神父さま、なぜあの絵を消させたのです？」

「野生の猫に愛情を示すなど……」

「あれは野生の猫ではありません」

「どこで見つけたのだ？」

「サン＝マルクールの小川の分流が海に向かって流れ始める森の中です」

「森に暮らす野生の猫や、山に暮らす山猫や、洞窟に暮らす熊に愛情を抱くのは、古くからいる悪魔や妖精に注意を向けることにほかならない。キリスト教徒になった兄弟たちより、異端の者や異教徒を好むことと同じだ。先端が分かれた毒のある舌をもつ蛇を衣の中に隠すか、ラテン語で蟹、すなわち悪しきできものと呼ばれた、長く黒いはさみを持つ動物でもおまえの小部屋にかくまったらどうだ？〔ラテン語で cancer は蟹と癌を指す〕」

途方にくれたリュシウス修道士はニタールのところへ行った。ニタールはリュシウスの嘆きに耳を傾け、父が自分の学問の師に返した言葉も聞いた。

ニタールは金色がかった木枠がついた丸い拡大鏡をそっとつかみ、読みかけの本を立てかけてあった書見台に置いた。かがみこむと、年老いた自分の先生の涙を拭いた。

リュシウス修道士はこの修道院でもっとも巧みな写字生だった。ラテン語ができ、大書斎（大修道院の写本室）で一番ギリシャ語を読み解く力があった。アルトニッドとニタールの身体が青年になって変化し、他のさまざまな欲望が心を占めるようになるまで、何もかも二人に教えたのはリュシウスだった。

ニタールは父のもとへ行きリュシウス修道士を弁護しようと心に決めた。

だがアンジルベールは、双子のうちはじめに生まれてきた子、自分がニタールと名づけた愛する息子にすげなく答えた。

「あの者に注意しておくがいい、もし言い張るようだったら、ソム川のほとりの砂の上で火刑に処されるのを覚悟しておけと。必要ならわたしが枯れ枝や櫂の残骸で火をつけてやろう！　この修道院の三百人の僧に黒い野生の猫を仲間入りさせるつもりはない」

リュシウス修道士は沿岸伯の脅迫めいた返答を知って怒りがこみあげてきた。伯をひどく忌むようになった。修道院の九つの廊下のどこかの端にアンジルベールの姿が垣間見えようものなら回り道をした。夜になると猫に、いつものかわいいリフレインを歌わないよう、体をこすりつけてミャオと言ったりゴロゴロ喉を鳴らしたり歓びのハミングを口ずさんだりする時になるべく声を抑えてくれるよう、必死で頼んだ。

14　グレンダロウのアリラ

六月から九月までアルトニッドは彼女のことしか考えなかった。一時間とて離れていられなかった。二人の身体は相性がよかった。アルトニッドはグレンダロウの領地に葡萄の収穫まで残り、いそいそと作業に参加した。彼はまたこのアイルランド人の若い娘のために愛の歌を二つ作り、シタールで伴奏をつけた。九月のある朝、アルトニッドは娘を抱きしめ、昼までに出発すると告げた。アルトニッドは食事をしてから発った。アリラは何も言わなかった。

家族のまえで、アリラは泣かなかった。何年間も口を閉ざし、自分の悲しみを一生、誰にも語らなかった。荒れ野の草むらの向こう、岩が風よけになっている場所にアルトニッドが建てさせた、聖エルーセラと聖リュスティック〔二人とも三世紀にモンマルトルの丘の上で殉教したとされる〕をまつる礼拝堂で、誰もいなくなるのを待って泣いた。

そういう時には生きているのがつらく感じられた。何か間違いを犯したような、しっかりアルトニッドを抱きしめられなかったような、愛し足りなかったような気がするのだった。

よい香りのする存在が自分のそばにいるような気がすることもあった。その見えない相手と並んで歩き、話をしながら海沿いを散歩した。

アルトニッドはおいしいものが好きだったので、肉の入ったそば粉のクレープを作り、様々なスパイスで味つけすることもあった。グレンダロウの大きな屋敷にいた時、アルトニッドはそのクレープが気に入っていて、美味しそうに、貪るように食べたものだった。

それからふと、アルトニッドの影はいくつもの季節のあいだ消え、アリラはひどく孤独だった。

歳月が経ち、ある夜、何事もなかったかのようにアルトニッドは夜のしじまのなか戻ってきて、頭から足まで何もまとっていない姿でアリラの夢に現れた。夜はアリラにぴったり寄り添い身体を暖めた。夜闇のなか彼が近づいてくると、アリラは念入りに、毎回違ったおしゃれをする。身支度をする。身体にクリームを塗ってマッサージをする。下着を変える。髪を編む。耳飾りをつける。ブレスレットを手首にすべらせる。姿が見えるだけではないのだ。話しかけると、アルトニッドは答えてくれる。かつて見た女をまだ探しているが、見つからないという。

見つからなくてよかったとアリラは思う。

ベッドの中で彼がそばにいるのを感じる。身体の奥まで暖めてくれるので、ときどき歓びを覚える。

アリラはグレンダロウの自分の部屋でひとりきりで過ごしたいと望むようになった。毎晩、見えない存在を愛した。腿を擦り合わせ、膝を顎までもちあげ、アリラは満たされている。ほとんど幸せと言っていいくらいに。

15 ヨーロッパはどこにはじまるのか

サールは予言した。

アルトニッドの前で、世界の西へと広がっていき夜に流れ込む大陸をめぐる歌を即興で歌おうとした。

「粘土板に刻まれた楔形文字の時代から牡牛が愛している女神がいた。

その名はエウロペ。

かつて、牝牛になったエウロペは背を向けて後ろ足を大きく広げ、天の性器にすすんで身を委ねた。

古代ローマの住民たちが好んだのは、エウロペはもともとフェニキアの王女で、クレタ島にさらってこられたという説だ。〔ギリシャ神話では、フェニキア王の美しい娘エウロペに恋したゼウスが白い牡牛となり、跨ったエウロペをクレタ島に連れ去って妃とする〕

だが、エウロペがムーズ川とライン川のあいだまで木靴を履いてやってきたことはない。

アルデンヌの森を踏みしめたこともない。

本当のことを言おう。

生涯、

エウロペはイスタンブールとエフェソスにとどまっていた。」

16　リュシウスの悲しみ

ある日、リュシウス修道士が僧院の図書館に駆けこんできた。目も当てられない恰好だった。服ははだけ肌がのぞいていた。僧服も羽織っていない。髪はぼさぼさだった。気でもふれたのだろうか、裸足でタイルの上を走ってきた。鼻の骨の上にはいつもの丸眼鏡がのっていない。リュシウスは体じゅうの涙を振り絞って泣いていた。四肢を震わせて泣いていた。ニタールが『歴史』の執筆をしている木張りの小部屋に向かっていき、そばまで来ると、ひざまずいて王子の僧服の裾をつかんだ。

「一緒に来てください！　すぐに！」とかつての教え子に懇願した。

リュシウスはむせび泣いていた。ニタールは立ち上がってついていった。雨があたらない修道院の周歩廊を通って行った。リュシウス修道士は半開きになっている自分の部屋の扉を押した。二人は部屋に入った。

リュシウス修道士は扉を閉め、扉を指差して叫び始めた。

小さな黒猫は切り裂かれていた。

頭は左に傾いていた。

四本の脚はキリスト十字架像のように——少なくとも両翼を広げた黒と赤の小さいカラスのように、木に磔にされていた。

腹の下から内臓が飛び出て垂れ下がっていた。

リュシウス修道士は死んでしまった相棒の姿を見つめ、泣き、声をかぎりに叫び、狼のように呻いていた。髪は一瞬にしてすべて白くなった。

IV　（アンジルベールの詩についての書）

1　ダゴベール王の三匹の犬

ダゴベールを消すことにした兄弟たちは馬に乗って彼を追った。徒歩で道を行くダゴベールを、ルテティア〔古代のパリ、特にシテ島のある区画〕の島を取り巻く野生林で鹿のように駆り立てた。マルティールの丘の上まで追っていった。以来、丘はルテティアのマルトルと呼ばれるようになった。ダゴベール少年はふと振り返り、はるか下の森の奥、クルー川の岸辺の空き地に、廃墟となっている修道院を見つけた。かつてアテナイ出身の聖ディオニシオと聖アレオパギテースは丘を下り、この修道院でシダの茂みに自分たちの頭を埋めた〔二人はキリスト教に殉教したが、前者サン＝ドニは切られた頭を抱えて北に数キロ歩いて息絶え、そこがサン＝ドニ修道院になったと言われる〕。この丘は二人に捧げられている。

その後、アレグンド王妃〔クロタール一世の四番目の妻〕が葬られたのも同じ場所だった。アレグンド王妃は、沈黙、否定、闇、恍惚についてかくも美しい書物を書いた博学なディオニシオを深く崇めていたのだ。アレオパギテースは、星の向こうにおられて、身体を持たぬ偉大な神をめぐる彼の説教を書き写した。

ダゴベールは薮に覆われた崩れかけた古い扉を乗り越えた。

するとダゴベールを追ってきた犬たちがぴたりと止まった。猟犬も追っ手の群れも兄弟たちも、魔法がかかったかのようなこの場所に入り込むことはできなかったのだ。

荒れ放題の小庭と、その中心にあり下のクルーの泉へと続く小屋は不思議な力に守られていた。三匹の犬は口を開いたまま、吠えもせず、渦巻くシダの茎の列の前に立ち尽くしていた。王子の兄弟たちは身動きできない犬たちのそばで、クルーの川岸に思わずひざまずいた。

六二九年、ダゴベールはフランク人の王となり、自分の命を救ってくれた壁を作り直させた。アレグンド王妃の墓の上には小さな教会を建てた。そして自らもその脇に埋葬されることを望んだのだった。

この修道院はシュジェール〔一〇八一頃―一一五一、サン＝ドニ修道院長〕によって再建され、ダゴベールを死から守ってくれた聖人の名を冠することとなった。

2 赤い布

かつて、ある日のこと、ゴンダロンの荒れ野の沼の前で、茶色っぽい大きな箱の脇に座っている男の姿が見えた。ステッキの先には赤い布切れが結ばれていた。

それを見て、人々は男が誰だったか思い出した。カエルたちの合唱が聞ける箱を担いでいた男だ。

沼の反対側では、エミリアという名の四歳の女の子が、四つん這いになりオタマジャクシをつついて遊んでいた。

そばにいる犬はキーパー〔エミリー・ブロンテが飼っていた犬〕という名だった。

当時、その沼は「水の出会い」〔エミリー・ブロンテが遊んだ滝〕と呼ばれていた。

3　サン＝リキエ大修道院の由来

五四三年にサン＝ジェルマン＝デ＝プレ教会が建立されて以来、帝国の領土の至るところに次々と修道院が建てられ、ローマ人が何世紀にもわたり闘技場で処刑してきた聖人たちに捧げられた。

ソム川のほとり、聖マルクールに捧げられた聖なる泉のそばに一人の騎士が隠棲していた。その者の名はリカリウスと言った。彼の長い衣は百合の花で覆われていた。すばらしい肩をしていた。がっしりした体つきで、大きな馬を腕に抱えて川を渡れるほどだった。その姿はとても美しかった。力が強く敬虔で徳高かったから、面会を求めて訪れる者たちは引きもきらず、泥や、クレソンや、マーガレットの中にひざまずき、リカリウスに祝福を授けてもらっては生への希望と信頼を取り戻すのだった。

リカリウスが頭に手を置くと痛みが消えるだけではなく、聖マルクールに捧げられた泉の水にもすばらしい治癒力があった。

ソム川の岸に住む人々が徒歩でやってくるばかりか、北海で働く漁師たちも小船でやってきた。

サクソン人の僧たちだけでなく、ドルイド僧やケルト人たちもやってきた。

アイルランドの島々の王女たちも、舳先に怪物の像がついた大きな船に帆を張ってやってきた。

巡礼者の数は増えるばかりで、隠者の住まいは修道院になった。

リカリウスが亡くなって数年経ち、小さな村に巡礼者がやってきて納骨堂に降り、隠者の王の遺体に触れようとするようになった。訪れる人の数に対して納骨堂はもう狭すぎた。

黒く細い遺体は、百合に覆われた長衣の下でしだいにミイラ化していった。

男も女も、領主たちも農奴たちも、マルクールの泉から流れ出す川沿いに森の入口まで列をなし、辛抱強く順番を待っていた。

七九〇年代にシャルルマーニュはサン＝リキエ修道院をアンジルベール伯に与え、修道院を拡張するよう、礼拝堂を増やし、修道院に名を与えた聖人にふさわしいものとするよう命じた。

聖なる三つの言葉を知っていたアンジルベール伯は次のように修道院を構想した。

まず三位一体を思い起こした。そこで三つの教会を建てさせた。三角形に配置し、柱廊で結んだ。

三十の祭壇を神に捧げた。

三百人の修道士を任命した。

八〇二年、ローマ皇帝となったシャルルマーニュは、孫の父親でもあった大修道院長に、羊皮紙に綴られた古代の書物をはじめて贈った。修道院の写本室でそれを転写し、飾り、絵をつけ、皮の装幀をほどこし、貴石で飾るよう命じたのだ。

アンジルベールはギリシャ語とラテン語の本を収めた細長い図書室を丸天井の上に作らせた。

4　マントをかける聖フロラン

聖フロランのマントは、聖マルタンのケープとは違う。ダゴベール王がルテティアの宮殿に住んでいた時、宮廷で聖フロランはいつも王のおつきの宮廷人たちに侮辱されていた。その宮廷人たちは堂々と、恥知らずにも王を騙していた。

ある日、大広間に聖フロランが現れた。いつも手に書物を携え、ジュート布のスリッパを床のタイルに引きずって登場する髭ぼさぼさの修道僧を見ると、王の助言者たちや伯たち、兄弟らはいつものとおり見下したように背を向けた。聖フロランは肩に茶色いケープをまとっていた。宮廷人たちを無視して進んでいった。

大広間を抜け、書物を手にしたまま、足を引きずりながら進んでいく。

右手の銃眼から一筋の陽の光が射してきた。聖フロランはそこにマントをかけた。

ダゴベール王の玉座の前に出るとひざまずき、フランク人の王の衣の裾にうやうやしく接吻した。口を開くとこう言った。

「ニーダーハスラッハ〔アルザス地方南部の町〕まで参るつもりでございます」

聖フロランほど教養の深い人であれば、どこにいても、日の光にマントをひっかけることができた。

5　雪降るエピネーの別荘

ノスリは飛ばない。空中を滑っていく。もっと正確に言うと、大地の表面に跳ね返る大気に乗って漂う。

空気の流れに運ばれ、かなり高いところまで上ることもある。すると、黄色い嘴《くちばし》や灰色の脚は人の目に見えなくなる。そういうとき、ノスリたちはいちばん幸せだ。

猛禽類をけっして正面から見つめてはいけない。

自分を見つめている者の方へは来ない鳥だから。

視線をそらし、腕を

突き出た枯れ枝のように宙に差し出そう。

鳥がつと止まりにきて
ずっしり
手袋に重みを感じたら、一緒に木陰に入っていこう。

ダゴベールは六三八年十二月にエピネーの別荘で病に倒れた。死が近いのを感じた王は雪の中、治世のはじめに新しい礼拝堂を建てさせたサン゠ドニ修道院まで四輪馬車で運ばせた。

六三九年一月十九日、息を引き取る瞬間に王は、自分をかつて護ってくれた聖ディオニシオのそばにテンの毛皮のマントを纏った姿で埋葬してほしいと修道院長に頼んだ。王の骨が実際に埋葬された内陣ではなく、祭壇の右、中庭側の交差廊を、自らの埋葬場所として指定したのである。

6　ロトルート

七八一年に、シャルルマーニュは娘のロトルート（ロトルーダ）と若きビザンツ皇帝コンスタンティノス六世の婚約を認めた。

ロトルートはビザンツ帝国の首都に赴くに際し、レアンドルの塔を眺めたいと胸をときめかせながらギリシャ語の勉強を始めた。

恋ゆえに海に飛び込んだ男〔六五頁の割注参照〕の詩をビザンツ帝国のギリシャ語で歌えるようになろうとした。若きロトルートにギリシャ語を教える役をまかされたのはサン゠リキエ修道院のリュシウス修道士だった。

七八七年にエイレーネーは権力を握りつづけるために実の息子コンスタンティヌスの目を潰した。コンスタンティヌスとロトルートの婚約は解消された。

シャルルマーニュはまだフランク人の王だった時に、臣下の者たち（封臣、侯や伯ら）に司教区と守るのが困難な国境を与え、巡察使たち〔フランク時代には聖職者と俗人の二名が地方に巡遣された〕（司祭、修道士、書記）に修道院を与え、書物を写させ、広めさせた。

パウルス・ディアコヌス〔七〇頁の割注参照〕の元の名はヴァルヌフリードといった。

七八七年のある日、パウルス・ディアコヌスは当時まだただの王だったシャルルマーニュのもとを辞して去った。騾馬に乗せてもらうにも苦労するほど太っていた。険しい山道をのろのろと進み、以来、カッシーノの僧院に引きこもった。

七八九年、大きな変革があった。まだフランク人の王だったシャルルマーニュはふたたびパウルス・ディアコヌスを召喚した。パウルス・ディアコヌスに命を出させ、毎週日曜の礼拝を民衆の言葉で行わせることにした。それからフランク人王は、国全体に向けた勧告文言（admonitio generalis）をアルクィンに書かせ、フランク王国の領土全域におけるフランス教会典礼及び聖歌（cantilena romana）の歌い方を定めた。さらにアルクィンは自ら三番目の規定を導入した。教会付属の建物の中か司祭館のそばに子供のための学校をつくり、勉学に興味を示す子供を迎えるよう村の司祭たちに命じたのだ。

七九九年、ニタールとアルトニッドがサン＝リキエ修道院で文字や数字を学び始めようとしていた時、教育には三つの段階があった。司教区に属する村の学校、町の大聖堂付属学校、キリスト教文書館と古代文書館。キリスト教文書も古代文書も修道院の写本室（スクリプトリア）で書き写されていた。

7　悪

グレゴワール・ド・トゥール〔六八頁の割注参照〕がなしたことはフレデゲールにひきつがれ、アインハルトがなしたことはニタールに継承された。この四人は、フランク人の歴史を語るすばらしい著作を書いた最初の四人の作家だ。

だが、書くということは天に向かって手を差し出すことではない。

書くということは、祝福を与えることでも賛美することでもない。

書くということは、手を地面や石や鉛や皮やページの方へと下げ、悪を書きとめることだ。

預言者イザヤは「書く者に災いあれ！　書くとならば、必ずや書いてはならないことを書くことになるのだから！」と叫んだ。

たしかにそのとおりだ。イザヤの叫びがヘブライ人の部族に警告していることは正しい。創作する者の内奥には、からだの奥底を掬う奇妙なまなざしが宿る。このまなざしは、書く者のかつての生の奥から芽生えてくるように思われる。このまなざしは実際のところ地獄からやってくる。それは死者たちに発し、野獣の世界から濁らずに受け継がれ、かつての時間から芽を出すまなざしだ。

額に皺が寄り、眉根が寄り、沈黙が生まれ、手が止まり、すべては謎めいた結合へと向かう。

おそらくどんな場合にも、深い沈黙の中で、未だ言葉を持たないこの恍惚、うつろな目をした思索、手探りを続ける夢占い、この謎は、生者の世界とは別のところで気づかれるか生まれるかする。

この世界とは違う世界の方を向いている。

武者たちが闘い、商人たちが商い、労働者たちが労働している時代とは別の時間に存在している。

「書物の中に書き込む者は書物そのものです。だから時代と場所に応じて、不思議な方向が書物から現れ出てくるのです」

アインハルトは、フランク国王だった頃のシャルル・ル・マーニュに常にそう言っていた。ニタールは、シャルルマーニュの従弟だった禿頭王シャルルに繰り返しそう言っていた。

8　アンジルベールの書いた詩

ニタールの父アンジルベールはニタールの双子の兄アルトニッドの父でもあり、聖人に列せられたが、三つの言語を使えた。サン＝リキエ修道院長だったアンジルベールは儀式の際に、『神は六つの符号に二をかけた期間で一年を駆け抜けられたから』と題されたたいへん長い詩を作った。アンジルベールはこのウェルギリウス風な五つの歌からなる詩の中で、フランク人の考えでは、なぜ太陽年の終わりに、狼に盗まれた奇妙な時間が現れるのか説明している。天にまします神は、どうしてこれほどにもはかり知れぬ存在なのだろう？　なぜ太陽の行き来はきりのよい周期を刻まないのか？　一年には予期できない忘我の時がある。一年のおぼろげな始まりと試練もその一部だ。一年の終わりは衰えゆく時の悲しみ、そしてまた、時を立て直そうと人間が仕掛ける闘い。なぜなら、フランク人の物語によれば、天の黒い牝狼が時の流れのなかで毎月かじってしまうのは月だけではない。牝狼は十二の月も食べてしまい、ある晴天の日、皿が空になりすべてが闇に包まれる。「太陽が光でなくなる日よ！　天穹のもと闇が永遠に支配し始める日よ！　あなたがた人間はもう、石の影をもとに時間を測ることもできない。警戒を深めるがよい、でないとある日、老いた狼が世界をすっかり飲み込んでしまうだろう。暁の司祭よ（……）、謙虚になるのだ、大地に口づけし、神の口の中にぶらさがって血を流している時間が死ぬにまかせよ！」

　だがニタールは父に言った。

「父上、スコルとハティ〔北欧神話に出てくる狼で、「あざけり」と「憎しみ」を表し、いつも太陽を追っている〕のために手を打たねばなりません。スコルとハティは、わたしニタールと愛する兄アルトニッドのように双子なのです。三十三歳の男を生け贄にし、わたしたちから十二使徒に捧げたらいかがでしょう」

　修道院長はシャーマンのサールを呼んだ。サールは言った。

「あなたたちの考えは間違っているわ。狼たちはわたしたちの兄弟なの。狼と我々は、人間同士より親密よ。そっくりな双子の兄弟、ニタールとアルトニッドよりも、狼とわたしたちの方が近しいの。文字がばらばらになってはいても、結局のところ同じ名前を持つ双子が一緒にいるのをどこで見たでしょう？　わたしが愛していたアルトニッドはどこへ行ったのかしら？　北海の冷たい海に漕ぎ出し、今や世界の東へと船を走らせているアルトニッドは？　東方の砂漠や蜃気楼の中、山や氷河の上でこれから何をしようというのでしょう？　子供時代の出口で性の欲望があなたがたを引き離してからというもの、ニタールとアルトニッドが語り合っているのを見たことがあるでしょうか？　ところが満月の夜に聞こえる狼の遠吠えは、わたしたちにも完璧に理解できます。暁に聞こえる雄鶏やツグミの歌とおなじね。黒い空に浮かぶ満月に向かって鳴くあらゆる動物の声に、わたしたちはよく言われるように自分の悲しみを投影するわけではない。年老いた雌狼は、自分の奥底から、満たされることのない腹の底から、わたしたちにまで悲しみを伝えてくる。わたしたちは狼の嘆きのかけらでしかありません。戦士たちの性器が三日月の切れ端でしかないように。女たちが濡れた指で暗い洞窟を開き、そこに招き入れると突然消えてゆく三日月のかけら。年老いた狼は、女にはかなわないほど、あなたがたの心に寄り添っている！　男が腹に入り込むと、夜空でひと月のうちに形を変えていく星のごとく、丸く、満月のように満ちていく母親たちよ！　こう言ったらいいかしら。『犬の腹の底から、長い叫び声がわたしたちの奥底まで伝わってくる。犬たちが人をそばに呼び、群れの生活、猟犬とともにする狩り、天穹で熊と鹿のあいだを行く月の動きを教えてくれた。歌はいつだって、飢え、夢、欲望なのだ！　わたしたちは同じ肉を、引き裂かれた同じ経験を分かち合い、年の終わり、日の終わりに角と象牙でできた扉を閉めようとしてもうまくはまらない二つの王国の剥がれを共有している。恐れ遠ざけようとする闇、しかしわたしたちにつきまとい、いつかつかまえてしまう闇と同じく忘れられぬ原初の洞窟を思ってめそめそ歩いている時、犬たちも泣く。人もまた口いっぱいに闇をくわえ、日々、口に死者を放り込む』」

V（ローマ暦三月十六日に捧げる書）

1　フランク人の王国

かつて、ある日、五六九年のある日、フランク王国と呼ばれるもの（regnum Francorum）は、古代ガリア（Gallia transalpina）と呼ばれていたものに取って代わった。ガリア人の部族は一つひとつ潰されたか、ローマの属州へと連れ去られて奴隷にされた。フランク人の長を率いる王たちはヨーロッパ南部にけっして宮殿を造らなかった。野獣や、暗い森や、降り注ぐ雨が歌う勇ましくも心打ち激しく流れる歌や、野原に何カ月も音もなく降りつづけて残る雪、小鹿がぴんと立てる耳、鹿のビロードのような頭の上に高く広く伸びて重なり合う驚くべき角が気に入っていたのだ。スペルト小麦や小麦やライ麦の畑、川カマスや青い鱒やザリガニや鰻がたくさんいる川の向こうには、戦士たちが好んだ楢の林が茂っていた。熊、猪、オオカミ、猛禽類を石に刻んで人々は自分の記章とし、ブロンズのエンブレムにも彫った。戦士である前に、誰もが狩人だった。戦士も人間を狩る狩人にすぎないが。影に満ちた森に入っていく。王シャルルの前を四人の狩猟係が行く。武器係、鷹使い、猟犬係、馬係だ。

シャルルマーニュは何よりも二つのものが好きだった。

あちらこちらの森。

娘のベルト。

アインハルトはラテン語でベルタ王女の肖像を描いた。王女は父カール大帝と瓜二つだった。そっくりな髪、そっくりな高い声、そっくりな口。首に肉がついているところも、大きな丸い生き生きした目も、いつも楽しげで快活な顔（facie laeta, hilari）、突き出たお腹（venter projector）もそっくりだった。ベルトは女版のシャルルだった。ベルトが双子を生み、フランク王国沿岸伯がニタールとアルトニッドという同じ文字からなる対の名を与えたとき、太ったカール大帝はベルトとアンジルベールが結婚することを許さなかった。息子たちの敵対関係だけでも苦労が多く、義理の娘たちの欲や婿たちの野心にうんざりしていたのである。エックス＝ラ＝シャペル（アーヘン）で、フランク人の王は妻たち、女たち、娘たち全員に囲まれて暮らしていた。ハーレムではないが、宮廷というわけでもなく、アインハルトは「コンチュベルニウム contubernium」、つまり猪の群れと同じような「女たちの群れ」だったと書いている。

2　王はアルプスを越える

シャルル・ル・マーニュは七九九年のクリスマスをエックス＝ラ＝シャペルで過ごし、雪の降る中、囲い地で狩りをした。

八〇〇年の復活祭に王はサン＝リキエ大修道院で、アンジルベール、ベルト、ニタール、アルトニッドとともにキリストの復活を祝った。王は裸になり、奇跡の泉に飛び込んだ。

トゥールではアルクィンが王を迎え、肩に聖マルタンのケープをかけた。王はケープで肩を火傷することはなかった。こうして神に選ばれし王はアルプス山脈の道をたどっていった。

川と松林に囲まれ、モザイクに覆われたラヴェンナの町の美しさは王の心を奪い、夢見心地にさせた。

八〇〇年十二月二十三日、教皇レオ三世がシャルルマーニュと近親の者（ベルトとアンジルベールもその中にいた）を、古代の儀式が定める距離、つまりローマから千二百ローママイル〔ミルレパッスウムとも言われる古代ローマの距離の単位。約一四八二メートル〕離れたノメンタムで迎えた。

旗が広げられ宙に翻った。ローマで言う「凱旋式」が始まったのだ。「皇帝の到着《アドウエントゥス・カエサリス》」と呼ばれるものが。宗教権力による戴冠式の前に、フランク人の王はすでに領主たちを引き連れ、皇帝として町に入ってきた。

シャルルマーニュはただちに司教区会議をサン＝ピエトロ大聖堂に召集した。

シャルルマーニュはレオ三世の「清めの宣誓」を受けた。司教たちや神父たちは着座し、伯や公たちは立ったまま儀式に立ち会った。

シャルルマーニュは座ったままで、教皇は立ち上がり、説教壇に上がって宣誓を行った。

司教区会議は審議に入り、簡潔な議論のもとに帝国を再編した。ビザンツ帝国が女性（イレナ）の手に落ちた今、皇帝の称号は空いていると認められた。

キリスト教の会衆とフランク人の集団が、それぞれ力強く喝采した。こうして突然、大聖堂の中で統治権と称号が一致したのだ。

アインハルトの『年代記』にはただこう記されている。「八〇〇年十二月二十三日、カロルス（シャルルマーニュ）は司教たちや民衆の請願を却下することを望まれず、皇帝の称号を受け入れた」

3　皇帝の戴冠

八〇〇年十二月二十五日、ヴァチカンの大聖堂では戴冠式の準備が整っていた。使徒聖ペテロに捧げられた祭壇の前での荘厳なミサに先立って戴冠式は行われた。

式には四つの段階がある。

まずシャルルマーニュがビザンティン風に床石の上に身をのばし、ひれ伏すところから始まる。

次に王は身を起こし、レオ三世がシャルルに帝冠を授ける。

続いて教皇が皇帝に司教の位を授ける聖職位授与式《コンセクラチオ》が行われる。

最後にローマ人たちが「神により冠を授けられたローマ人の皇帝シャルル」の名を呼んで喝采し、フランク人の戦士たちが「生と勝利を！」と叫んで同意を示した。

新しいデナリウス銀貨が鋳造された。

銀貨の表面にはローリエの冠をかぶったシャルルの顔が彫られ、その周りにはラテン語で「皇帝カロルス《カロルス・インペラトール》」と記されていた。

銀貨の裏面にはローマのサン＝ピエトロ大聖堂が彫られ、その上にはラテン語の「キリスト教《クリスティアナ・レリギオ》」という文字が十字架を囲んでいる。

4　シャルルマーニュの死

八一三年の冬の間シャルル・ル・マーニュ皇帝は病に伏していた。熱にうなされ、何も口に入らず、衰弱していくばかりだった。

八一四年一月二十八日、朝の九時に皇帝は息を引き取った。

沿岸伯アンジルベールも皇帝を追うように亡くなった。

息子のニタールは七宝で飾られた皮の棺に父の遺体を納め、サン゠リキエ大修道院の敷地内に葬った。

アルトニッドはどこにいるかわからない。

アーヘンでは敬虔王ルイが、シャルルマーニュの妻たち、愛人たち、娘たちを宮殿から追い出した。ベルト、テオトラーダ、ヒルトルート、ギゼラ、エメンは、一月の寒さのなか、動物が引く車に乗り込み、幌の下で身を屈めた。

女たちはみなそれぞれ違った修道院に入れられた。

5 歴史家ニタール

八四〇年六月、敬虔王ルイが亡くなった。ニタールはただちに、バイエルン出身のユーディト・ヴェルフと敬虔王ルイの息子であり、自分の甥の中で一番年少で十七歳の誕生日を祝ったばかりのシャルル禿頭王に仕えた。

八四〇年七月、シャルル禿頭王はニタール伯を使者に立て、ロージエを伴わせてロテール（Ludher）のところへ送った。ロテールは帝国を弟のシャルル（Karle）と分割統治する協定をどれも拒んだ。

シャルル・ル・マーニュの三人のひ孫たちは和合に至らなかった。

八四〇年の冬に、アインハルトがゼーリンゲンシュタットの修道院で亡くなった。

アインハルトがシャルル・ル・マーニュの秘書で『年代記』の書き手だったように、ニタールはシャルル禿頭王の治世の歴史を書くことになった。

シャルル禿頭王がニタールに――二人ともシャルルマーニュの孫だったわけだが――彼の《年代記《イストリア》》の執筆を依頼したのは、八四一年の五月中旬、シャロン・アン・プロヴァンスに滞在していた時のことだった。治世に関してすでに流れていた悪口と中傷に釘をさすため、敬虔王ルイの三人の息子たちが交えんとしていた命がけの戦いについて囁かれ始め、悪意ある人々がすでに広めていた悪口と中傷に先手を打つためだった。

6　フォントノワの戦い

八四一年六月二十一日、三人の異母兄弟の軍隊が移動中にサンスとオーセールのあいだの沼のほとり、森の脇で鉢合わせした。

とたん、どの軍隊も戸惑った。

ロテールはサン＝ソヴェール＝アン＝ピュイゼの方へ向かうことにし、フォントノワの森の中に軍隊を駐屯させた。

ロテールの弟にあたるシャルルとルイは協定を結び、ロテールをよけて移動した。二人はチュリーに拠点を置いた。

八四一年六月二十五日、明け方の八時に、ピュイゼの森の際で戦いは始まった。

射しそめた光のもと、現在では「サン＝ボネの小川」と呼ばれているブルギニョンの小川（rivolum

Burdigundonum）の岸で闘いの火ぶたは切っておとされた。そんなふうに、フランク人の言葉では固有名詞がどんどん小さくなり、短くなり、季節がめぐるにつれて凝縮されていった。シャルル禿頭王（Karle）とドイツ人王ルイ（Lodwigs）はロテール（Ludher）に容赦なく襲いかかった。王の秘書ニタールは闘いを目の当たりにし記録に書き留めたばかりか、家令アダラールの指揮のもと戦闘にも参加した。

ニタールは書いている。「戦利品は数限りなく、殺戮もとどめを知らなかった」

ロテールと彼が率いる軍隊のわずかな生き残りは荷車をみな捨てて逃走した。

八四一年六月二十六日日曜日、敵も味方も関係なく、すべての死者を悼み、埋葬した。みなフランク人だったのだから。

シャルル禿頭王とドイツ人王ルイはすぐさま教会会議を招集し、統一戦線を張った両軍の勝利を承認させた。司教、修道院長たちはこう宣言した。「全能の神のご判断（judicium Dei omnipotentis）が、人々が交えた戦いの血の中で言い渡された」

聖職者たちは三日間の断食を申し渡した。生き残った戦士たちが身の穢れを落とすため、また森の中で信じがたいほどのフランク人の血が流された後、死者の魂の怒りを鎮めるためだった。

7　アルゲンタリアの秘跡

八四一年十月のはじめに、ニタールとシャルル禿頭王はパリでサン＝クルーの宮殿にいた。

ニタールはその書に書いている。八四一年十月十八日の六時五十七分、サン＝クルーの林の樹々の上に何とも不可思議なものを見たと。日蝕だった。『歴史《イストリア》』〔『ルイ敬虔王の息子たちの歴史』〕の第二巻はそのエピソードで終わる。

八四二年二月はじめ、フォントノワの戦いで勝利を収めた二つの軍隊が、凍てつくような冷気の中でストラスブールに集い、一方はイル川の岸辺に、もう一方はライン川の岸辺に陣取った。その中間の霜におおわれた野原で、二月十四日金曜日〔ローマ暦の三月十六日〕の昼近く、二人の王と各部族の伯たちが互いの和平を厳粛に誓い、対ロテールの聖なる相互援助——呪縛する不可侵の契約——を神の前で誓った。

その時、八四二年二月十四日の午前の終わり、冷気の中で、奇妙な霧が人々の唇に上った。人はそれをフランス語と呼ぶ。

ニタールは誰より先にフランス語を書いた。

今日わたしたちが「ストラスブールの誓い」という言葉で示すものは、司教や神父たちがラテン語で「アルゲンタリアの秘跡」と呼んだものである。

ニタール自身が『歴史《イストリア》』の中で、イル川のほとりにあったアルゲンタリアの町を「今ではほとんどの住民がストラスブールと呼んでいる nunc Strazburg vulgo dicitur」と明記している。

象徴体系が一変した瞬間を覚えている社会は少ない。多くの社会は知らないのだ、言語が生まれ出た年月日、生まれた状況、場所、天候などを。

生誕の偶然を。

数字を確かめられる、〈文字をめぐる転換〉が起きたとんでもない瞬間を見つめることができる、それはどこかしら奇跡的なことだ。わたしたちはこの転換が一気に生み出した新しい象徴の支配、そこに生じた混乱に立ち会う。中間の言語はない。冷気の中に吐き出された人間の息は言語をすっかり「取り替え」た。得体のしれない空隙、完全な偶然性がそこにある。「アルゲンタリア」という土地の名から「ストラスブール」という名への変化が予期できなかったように、「ラテン語」から「フランス語」への変化は出し抜けに起きた。

8 ストラスブルガー・アイデ

できるだけ正確に記そう。というのも、この偶然の誕生は人を唖然とさせるだけでなく、空間の境界を確定し、時間の流れを変えたからだ。八四二年二月十四日金曜日、午前の遅い時間に、冷気の中で、たった一つの行為が一気に七つの段階を飛び越えた。

区別すべき七つの段階を追っていこう。

一、サクラメントゥム（宣誓）は各司教区をつかさどる司教たちや修道院の神父たちによってラテン語で《イン・リンガ・ラテイナ》準備された。

二、二人の王は宣誓を行うとき、ビザンツ帝国のギリシャ人のやりかたで異なる言語を交えた。（つまり、砕けたテラコッタの細片をつなぐ時、二つに割れた記号の破片を合わせるように。二人の王の発する言葉が、言語と言語を、人々と人々を永遠につなぐように）

三、年上のドイツ人王ルイは弟の軍隊を前に「フランス語で《イン・リンガ・ロマーナ》」誓った。

四、年下のフランス王、禿頭王シャルルは兄の軍隊を前に古高ドイツ語で《イン・リンガ・テデスカ》誓いを述べた。

五、ゲルマン系のフランク人の族長たち（ラテン語ではducs）が自分たちの軍隊を前に、民衆の言葉で（リンガ・ルスティカ、つまり彼ら自身の言葉で。ゲルマン系の人々にとってそれはドイツ語の原型となるものだった）、ゲルマン系の言葉を話す戦士たち全員に意味がわかるように、王たちのあいだに交わされた決して破られてはならない契約を語った。

六、「フランスの」フランク人の族長たち（ラテン語ではducs）が自分たちの軍隊を前に、民衆の言葉で（リンガ・ルスティカ、つまり彼ら自身の言葉で。フランス側の人々にとってそれはフランス語の原型となるものだった）、フランス側の言葉を話す戦士たち全員に意味がわかるように、王たちのあいだに交わされた決して破られてはならない契約を語った。

七、最後にニタールが、厳粛に述べられた誓いを「三つの言語で」（ラテン語とドイツ語、フランス語で）、三つの相のもとに年代記に書き留めた。冬の太陽が天頂に達する時、かつてアルゲンタリアと呼ばれ、この日から「ストラスブール」と呼ばれるようになった町のイル川の岸辺で。八四二年二月十四日のことだった。

こうして、ある冬の日、ある金曜日、フランス語とドイツ語は、アルザスの野原で、そしてある年代記の中で、並んだのである。年代記自体はラテン語で、宮廷の秘書ニタールの鵞鳥ペンで、念入りに毛を抜いて表面をこすった子牛の皮に書かれていた。それはヨーロッパの三言語のロゼッタ・ストーンだった。

ラテン語、ドイツ語、フランス語で書かれた「ストラスブールの誓い」。「アルゲンタリア・サクラメンタ」、「ストラスブルガー・アイデ」、「セルモン・ド・ストラスブール」。

9　いかなる取り決めも、けっして

ドイツ人王ルイと禿頭王シャルルとフランク人の族長たちが契約《パクトゥム》を述べた日には、凍てついた大地に雪がさんさんと降り積もっていたとニタールは描写している。

二月十四日、冷気と雪の中、凍える唇の上ではじめて発音されたフランス語の言葉、ニタールが聞き取り、空気の中に伝わっていくあいだにすぐさま書きつけた言葉は次のようなものだった。

神の愛と、キリスト教の民と
我々の民の共通の安寧のために
本日より、神が知と力をわれに与える限り、兄弟が支え合うべき姿で、われは弟シャルルをあらゆる点において援助する。ただし、弟もわれを等しく支えることを条件とする。ロテールとは、弟のシャルルに不利になると思われるようないかなる取り決めもけっして行わない。

こうしてフランス語のはじめのテクストは素晴らしい二重の否定で終わっている。誓約が破られた場合は、容赦ない排斥の呪詛になる。

いかなる取り決めも、けっして。

わたしも、誰も。


しかし誓約が破られることはなかった。

帝国は均等に三つに分割された。

帝国の中部はロテールの手に残る。

帝国の西側は禿頭王シャルルのものになる。

帝国の東側はドイツ人王ルイの支配のもとに留まる。

現在のヨーロッパがすでにそこに見える。

そして――この原初の奇妙な偶然のうちに、唇に上った白い息の中に、天からとめどなく《ムルタ》降ってきた雪の内に――ヨーロッパが経験することになるすべての戦争、今に続く相克が予告されていた。

10　雪吹雪の中の出発

次の日、八四二年二月十五日土曜日にはもうドイツ人王ルイがライン川沿いに移動し、シュパイアーまで行き、ヴォルムスに陣をはった。

次の日、八四二年二月十五日土曜日にはもうシャルル禿頭王が、樹々が雪の重みで枝をたわませているヴォージュの森に入っていった。アンスパックを通り過ぎた。ヴィッサンブールを後にした。そこからシャルル王はザールブリュッケンに向かった。サン＝アルヌール＝ド＝メス修道院を自分の支配下に取り戻すためであり、二月二十四日にそれは現実になった。


六月十五日木曜日、二月十四日金曜日の誓約への署名が行われ、二人の王の二つの指輪で押印された。マコンの南のアンシィラ島でのことだった。

禿頭王シャルルとドイツ人王ルイの軍隊は、島がどちらの対岸からも等しい距離のところにあるように、サオンヌ川の両岸に河岸から等しい距離を保って駐屯していた。

ストラスブールで八四二年二月十四日に凍てつく空気の中で述べられ、八四二年六月十五日木曜日に押印された宣誓は、ムーズ川の西岸でその翌年、八四三年八月の灼熱の中、ヴェルダン条約の領土分割によって完成された。

だがニタールは、シヴィタス・ヴェロドゥネンシウム（ヴェルダンの町）には行かなかった。

VI（ニタールの死をめぐる書）

1　ニタールの心穏やかならぬ引退

八四二年十二月十四日、シャルル禿頭王はエルマントルドと結婚した。エルマントルドはロワール川の谷を治めるウード伯の娘だった。ニタールが党派を超えフォントノワの戦いで仕えた地方行政官アダラールの姪でもあった。王国分割が自分にとって有利な状況をもたらさないことがニタールにはわかっていた。

ニタールはほどなく、ヴァランシエンヌで冬を過ごしていたシャルル禿頭王の宮廷を去った。十二月の雪の中を馬に乗って駆けていった。

ニタールは心引き裂かれ、苦い思いを抱いたまま政治から身を引いた。ニタールは現代語に訳してぃてもため息が出るような表現でそれを書いている。「不和や対立に悩まされたわたしの不安な（anxia）心は、政治から完全に身を引く方法を休みなく探し求めている。だが競合する二つの陣営で起きているあらゆることとわたしの境遇は運命により緊密に結びついて（junxit）いるので、わたしは自分の意思とかかわりなく、常に恐ろしい嵐に揺さぶられ、右往左往させられている。自分の人生がいかなる港に着くのかまったくわからない」

ニタールが書いた『歴史』の第四巻、つまり最終巻の末尾に記されている最後の日付入りの出来事は、八四三年三月十九日に起きた月蝕である。月は完全に黒くなった空の奥に消えた。

2　ニタールの遺書

八四三年三月十九日、月が黒くなり、世界はとつぜん、完全な闇に浸された。ニタールは鵞鳥ペンを置き、ナイフをしまい、インク壺の蓋をしめた。

ニタールは父と同じく、サン＝リキエ修道院の在俗修道院長となった。

リュシウス修道士は存命だった。

鳥使いフェニュシアニュスもまだ生きていた。

画家クリーケヴィルドもまだ生きていた。

ベルトもまだ生きていた。

ニタールの双子の兄アルトニッドもまだ生きていた。

聖アンジルベールと呼ばれるに至った父親の深い信仰心に比べると、ニタールの宗教観は一風変わっている。ニタールは空と神を愛した。というより、神を空のように愛していた。

シュジェール〔八二頁の割注参照〕が後に行った奇妙な改革の際に、神と光をもはや分けて考えなかったのと似ている。

死が訪れたら、キリスト教の土地に、しかし星空のもとに葬ってくれるようにと、修道士ニタール伯大空のもとに休みたい」

「父アンジルベールは大修道院付属教会の十字架のもとに休まれるのがふさわしい。わたしは、扉の外、は修道院の同胞に頼んでいた。

3　ニタールの死

八四三年の春、ノルマン人の艦隊がカンシュ川沿いの町カントヴィックを襲い、英仏海峡の湾を渡ってハムヴィックの港を破壊し、テムズ川を遡ってロンドンを荒らして戻ってきた。

八四四年、ノルマン人はまたやってきたのだった。フランク人が新しく建てた修道院や「礼拝堂《シャペル》」、ローマ人がソム川、カンシュ川、セーヌ川、ヨンヌ川、ロワール川、ガロンヌ川沿いにつくった古い町と「大聖堂《バジリカ》」を荒らした。

ニタールはノルマン人との闘いで命を落とした。

修道院長ニタール伯（abbas et comes Nithardus）は、頭にノルマン人の剣の一撃を受けて亡くなった。頭は割れ、即死だった。ニタールはその場に崩れ落ちた。波にさらわれた。小さなカモメも大きなカモメもニタールの体に襲いかかった。

味方はニタールの遺骸を岸に引き上げた。天の鳥たちはキーキー、キューキュー鳴きながら追ってきた。

服を脱がせると、体は海の塩にまみれていた（sale perfusum）。

赤紫色の布で遺骸を包んだ。

皮の縁取りがついた木の担架に乗せた（lecticam ligneam coriatam）。

荷車で死体をサン＝リキエ修道院まで運んだ。

修道院前の広場の端に階段がある。その一段の下にニタールを埋葬した。本人が望んでいたとおり、かつてのフランク人にならって、星とじかに対話できるように。

シャルル禿頭王はやってこなかった。

アルトニッドが弔いの儀式に参列したかどうかは知られていない。

4 サールの涙

かつて、ある日のこと、魔法使いのサールは海を前に座っていた。サールは泣いていた。小声でこう歌った。
「太陽を目指して旅立ったアルトニッドはどこにいるの？　もう見ることができない星が上るたび、星の温もりがわたしの手に上ってくるたびに、そう問わずにはいられない」
子供たちの船は、麻を編んだ茶色い紐の塊で小さな丸い錠に繋がれている。
船をおもちゃにつなぐ縄は短くても、つたない指のもとで絡まってしまう。
湿気のせいで縄はだんだん重くなり、べとつく。
矛盾した望み、押し寄せる後悔、反抗、怯えが縄を絡ませる。
とつぜん、縄をぴんと張り、船を引き寄せたいとはやる心が
さらさら流れ、水嵩を増す水の上で船を操ろうとするけれど
絡んだ縄は解けない
何の価値もない務めをこなしながら、そんなふうに、たちまち、早すぎる、情けない死を迎えるわた

したち。

アルトニッドとは誰だったのだろう。彼はどのように弟の死を知ったのだろう。フォントノワの戦いの時、どこにいたのだろう。起伏のこまやかな谷間を隠す霧の中、ストラスブールと呼ばれるようになったかつてのアルゲンタリアの小さな橋がまたいでいるイル川分流を覆った霧の中でフランク人たちがフランス語を話し始めたとき、どこにいたのだろう。サオンヌ川の岸辺でアンシィラの領土調停に参加したのだろうか。ヴァランシエンヌのシャルル王の宮廷からニタールが去る決断をしたとき、宮廷に戻ったのだろうか。


だが、ソム湾のシャーマンのサールはもっと簡潔にこう歌った。

「アルトニッドが存在しない顔を探していたように、わたしは彼の顔をいたるところに探すようになってしまった！」

5　サールとアルトニッド

アルトニッドの魂は、エフェソスにある狩りの女神ディアナの神殿で自分にこう問いかけていた。

「もし出会っていたら、怖くなって逃げ出していただろうか？」

その時、丘のふもとにあるエフェソスの神殿の入り口にいたアルトニッドは、日が昇るのを見ながら妖精サールが砂浜で歌い、むせび泣いていたのと同じ日、同じ時間に、櫛の歯から抜いて身につけていたサールの髪を一本一本ほどいていた。
一本だけ残してディアナの神殿の炎ですべて焼き、最後の一本を首に巻いた。

アルトニッドは年老いた盲目の女を愛していたのだろうか。

あるいは夜を司る女を愛していたのだろうか。ディアナ、鹿をしたがえた女神、夜の空に上る月、その神殿でアルトニッドが髪の毛を燃やした女神を？

もしかするとアルトニッドはただ夜そのものを愛していたのだろうか、あらゆる男、女、船、馬、髪、たてがみ、帆、黒と青の翼、カケスよりも？

それはすばらしい櫛だった。白い象牙でできていた。八つの歯には銅色がかった黄と赤の石がはめ込まれ、厚みのある象牙の上で輝いていた。だがアルトニッドはグレンダロウの王妃のことを忘れてしまっていた。彼に櫛を贈ってくれたのは王妃だったのに。アルトニッドはアリラをアイルランドに置いてきた、チュランを忘れたのと同じように。愚かにもブルーベリーの実を受け取らなかったルシアも忘れてしまった。あんなにやせていたマクラも忘れた。ビザンティウムのウードクシーのことも覚えていなかった。アルトニッドは女性の髪と長い三つ編み、シニョン、香り、顔をうずめたくなる柔らかい肌を愛し、あらわな首筋、白い鎖骨、満たされた官能のため息を吹き込める耳の窪みが好きだった。

細工も、象牙も、宝石も、色彩も、価値も、どうでもいい。

アルトニッドはイグサの茂みに櫛を投げ、浜の泥に預けた。

サールの髪を一本だけとっておき、祖父の顔が刻まれている金貨と一緒に首に巻いた。

「こういうふうに愛するのさ」とアルトニッドは言った。

「こういうふうに世を去るのさ」とアルトニッドは繰り返した。

6　フェニュシアニュスという名の鳥使い

フェニュシアニュスの指にはいつもカラスがとまっていた。フェニュシアニュスという名の鷹使いは魔法使いだった。カラス科の鳥（黒いハシボソガラス、黒と青のカケス、嘴が白いミヤマガラスなど）を通じて、望むがまま会いたい存在に会えるのだった。字は読めなかったが何でも知っていて、「賢者」つまり魔法使いだった。

ニタールが死んでしまうと、フェニュシアニュスは年老いたリュシウスと友達になった。鳥使いはハヤブサや鷹やオオタカやコチョウゲンボウやハイタカを領主たちのために籠に入れた。だが本当は、嘴でつつかれ、ずたずたになった汚い鳥使いの皮手袋の下に魔法の手を隠した巧みな魔法使いだったのだ。

本当のところ、フェニュシアニュスが調教していたのは様々な魂で、一つひとつ魂を空に戻そうとしていた。

動きの早い魂ほど暗い色をしていた。

そして一番暗い色の魂は、間違いなく、無煙炭のように黒いカラスだった。

7　フェニュシアニュスの教え

フェニュシアニュスは文字をまったく知らなかったが、鳥のおかげでこの世の誰にでも伝言を送ることができ、鳥たちについては何でも知っていた。

フェニュシアニュスに文字を教えようと躍起になっていたリュシウスに、鳥使いは少しずつ鳥の歌のレッスンを始めた。

まず、それぞれの鳥特有の歌い方を学び、森の中でどの鳥が歌っているかわかるようになった時、リュシウス修道士はうれしくて泣いた。旋律の向こうにまるまるとした鳥の姿を想像し、リズムの緩急からさまざまな羽の色や模様を見透かせるようになったのだ。

姿を見ずに名を言うのが楽しかった。それこそ言語の働きなのだから。

フェニュシアニュスは夜の終わりにリュシウスの腕を取った。

「コキンフクロウという名のフクロウさ」と彼は説明した。「コマドリの歌に答えるフクロウだよ。夜、薪小屋の古い屋根の上で歌う。二羽で、魂を奪うような二重唱を歌うんだ」

「理解するより観察する方が好きだ」とフェニュシアニュスは言っていた。

「読めるようになってきたね」とリュシウス修道士は言った。

フェニュシアニュスはリュシウス修道士にこう言っていた。

「メンフクロウは内側の真っ白な毛でわかる。黒い穹窿の下に引っかかって残った氷河のかけらみたいだ。深い闇の中で、その羽毛は冷たい光を放つ。三日月のように魅惑する。夜空に弾ける雷光のように突如不安を投げかける。細長い布を縦にどこまでも裂いていくように、長い鋭い叫びは不意に心を引き裂く。メンフクロウは繰り返し叫ぶことはない。一声で、自分が見つけた眠り場所、探していた安らぎの場所、やっと口をつぐんで休める場所を、ほかの夜の使者たちに教えるだけなんだ。自分の声のこだまが響いているうちに、鐘楼や、古い石の塔の上や、岸辺の薪小屋の壊れた屋根瓦のあいだで、戻ってきた薄明かり、唯一の神のように恐れを抱かせる薄明かりの中でふいに眠りに落ちる。かつて、古代ローマの貴族《パトリキ》の女性がそうだったように、メンフクロウは正面から見つめることはない。狩りをする時、メンフクロウは逆さまになり、暗闇の中で動く獲物の位置を耳だけで捉え、頭を弓なりに反らせて、音をつかもうと手を伸ばすかのようにただ爪を投げ出す」

「メンフクロウがきみに歌う歌を、きみ自身の引き裂かれる屍衣のように感じたまえ」

「引き裂かれる瞬間の魂は、思考だ」とリュシウス修道士は言った。

「判断するよりも思考する方が好きだ。感じることは目を閉じることだ」とフェニュシアニュスは言った。

「だが考えながら、きみは夢想を続けている。思考しながら、闇の中にとどまっている」とリュシウス修道士は言った。

フェニュシアニュスはリュシウス修道士に言っていた。

「キツツキの雄は幹をとんとん叩くのが好きだ。キツツキは、声よりも楽器を好んだはじめての音楽家さ。しかも自分の楽器を自分で作る。キツツキの歌は、キツツキが気に入って空洞にするからよく響くあの木なんだ。深紅の小さな帽子を振りながら毎日自分の歌を彫っていくみごとな楽器作りってとこだね。耳を澄ませて巣の奥を広げ、細工していく。響きで樹皮のどこに虫が隠れているかわかって、うれしそうに食べる。キツツキは虫を食べて木を虫から護るんだ。その木が大好きなのさ。食べる前に嘴でつついて虫を殺す」

「わたしは認識するよりも感じる方が好きだ」とフェニュシアニュスは言っていた。

「誰かを好きになる準備ができたのかも知れないよ」とリュシウスは答えた。


フェニュシアニュスはリュシウス修道士に言っていた。

「ノスリは歌いもしないいし、木をつついて鳴らしもしない。その代わり、ニャオニャオ鳴くんだ。数は少ないが、こう言う者たちもいる。ノスリはニャオニャオより、『キュウキュウ』言うんだと。どのノスリかにもよるね。とにかく枝にとまって鳴く小猫みたいで、はっとさせられる」

リュシウス神父は愛していた猫のことを思い出して泣いた。

シャーマンのサールは修道士の鼻をつたって流れる涙を理解できない鳥使いを押しやった。

目の見えない年老いた妖精は近づいて、リュシウス修道士の肩をしっかりつかんだ。何も言わずに抱きしめた。

修道士は涙にくれた。

それから、二人の年取った男の前で――とはいえ、サールよりはずっと若かったが――アルトニッドのことを語った。

「ますます痩せていく身体、伸びるよりは皺がより、鍛えられるよりは傷ついていく身体の苦悩を引き受けて、羞恥心からすべての権力を退け、不名誉さえ忍んで、人知を超えた一種の高貴さに包まれている人たちがいる。そういう人たちは黒い服を着て、闇の中をすべっていく」

8　愛の冒険

アルトニッドは次のようにして祖父の死を知った。

ラグーザの港の上の山の中にいた時のことだった。アルトニッドは何も考えず、美に包まれて歩いていた。柘植が茂りスミレが咲く小径をたどっていた時、なぜかわからないがふと心が疼いた。

野雁《ノガン》の声が梢から聞こえた気がした。

野雁の歌をご存知だろうか。何かが砕けるような野雁の歌を。

酷暑でエニシダの黒い豆さやが開くように、突然ぱちっとはじける歌を。

アルトニッドは祖父の死を悟り、船に乗った。

シャルルマーニュを追うようにして、アンジルベールもなくなった。近しい人たちはこうして死んでいく。

母のベルトの傍らで祈りを捧げると、アルトニッドはまた出発した。

リキエ大修道院の外陣の中央で父の墓前に跪いた時、アルトニッドは弟の姿に気づかなかった。

アルトニッドは次のようにして、弟ニタールの死を知った。

「森の動物たちはわたしに何を教えてくれるの？　Was mir die Tiere im Wald ersählen?」父シャルル・ル・マーニュが八一四年一月に亡くなった時にルイ敬虔王の命により入れられた修道院で、ベルタは戻ってきたアルトニッドに自分の母語でそう尋ねた。

面会室にいたアルトニッドは、格子の反対側から母に答えようとしても言葉が見つからなかった。

そもそも、母が使っている言葉がすでに理解できなくなっていた。

「変わり果ててしまって」とベルトはアルトニッドにフランス語で言った。「森の動物たちはこのわたしに何を教えてくれるの？　生命の残滓ね」とベルトは繰り返した。

「愛はぼくに何を教えてくれるのだろう？　Was mir die Liebe erzailt?」低ドイツ方言で自分の人生を表現するとしたら、そういう言葉になるだろうとアルトニッドは思った。そして再び出発した。アルトニッドがどの方角に向けて出発したか誰にも言えなかった。アルトニッドがどうやって命をつないでいるのか知っている人はいなかった。アルトニッドは旅していた。航海していた。馬に乗っていった。ひところに留まることはなかった。ソム川の岸に暮らす妖精がアルトニッドを幼いころ救ったことがあると人は言っていた。アルトニッドはほとんど口をきかなかった。ほとんど食べなかった。アルトニッドの名前はある別の名前に相対するものでしかなく、ある世界の亡霊でしかない世界に彼はまるで無関心だった。他方、ニタールという名の双子の弟は、生前アルトニッドのことをこう思っていた。精神が通常とはきっぱり反対の方向に向いた無関心の権化だと。唯一無二の女性の顔をした何かを欲し、放浪していた。その何かはアルトニッドの過ごすあらゆる日々と時間につきまとい、夢にも現れた。アルトニッドは過ちよりも羞恥心を、快楽よりも欲望を、王権よりも好奇心を、栄光よりも放浪を、要塞化された橋や舗石を敷いた小道や村の広場や港の岸や宮殿の広間やそこに響く権力者の名よりも、大海や森、動物や鳥を愛していた。

アルトニッドの暮らしぶりは一見、聖人の暮らしのようだったが、それは見かけだけだった。

祖父は双子が生まれてまもなく皇帝になった。

祖父は双子が別れ別れになった後、亡くなった。

アーヘンの宮殿にある礼拝堂の地下で祖父の遺体はミイラになった。

心臓と肝臓は奇妙な墓の中に納められた。

エンナ〔シチリア島北部の町〕で花を摘んでいた時にハデスに誘拐されるプロセルピナ、やがて冥界の女王となる彼女を描いたローマ風の素晴らしい棺だった。

ラヴェンナの沼地のほとりでこの素晴らしい死者の女王を選んだのは皇帝自身だった。

サン＝マルクールの泉の隠者がフランク人の喉を治す時と同じ仕草で、皇帝は大理石の美しい顔の下に触れた。

だが皇帝の孫だったアルトニッドは死の女王よりも、愛する女性の見知らぬ顔を迷わず選んだ。

さらに言えば、キリストが苦しみに口を曲げて呻いている十字架よりも、例の顔の優しさを好んだ。

アルトニッド王子は言っていた。

「なぜ沼、淀んだ水、つきまとうもの、動かないもの、泥のように溜まっているもの、繰り返すもの、ゆっくりしたもの、流砂、凝視、恍惚を人が罪と呼ぶようになったのかわからない。なぜ悪天候、死、戦争、勝利、打ちのめす雷、降伏の叫び、槍、剣、海綿、歴史を美徳と呼ぶようになったのか、ぼくにはわからない」

9　バクダッドでアルトニッドは

バクダッドにやってきたアルトニッドはついにあの顔を目にした。自分の心に住みついている顔と似ているではすまされない、同じ顔の女を見つけたのだ。体中がほてった。その乙女について情報を集め、商人たちのほとんどが暮らすアル・カルフ地区に住んでいることを突き止めた。そこでアルトニッドは、向かいの家を目の玉が飛び出るような値段で借りた。家具を丁寧に選び、しつらえた。いくつもの噴水を直させ、水が出るようにした。庭に手を入れ、花の咲く茂み、オレンジやキイチゴやレモンの木、ヤシの木に鳥たちなど、新たな楽しみの種を添えた。

庭から彼女の窓が見えた。

六日間、アルトニッドは燃えるような幸福を味わっていた。

庭で行わせている工事の進み具合を女性が窓辺に見に来ると、アルトニッドは思った。「あの人の顔だ！」と。

木の茂みに隠れて彼女の方へ目を上げた時に湧き上がってくる想いは言葉にならなかった。愛する人に知られずにその人を見る時ほど甘美な瞬間はこの世にない。思いがけない眩しさがその出現を彩る。

隣人たちに敬意を表し、改築した自分の新居のお披露目をしようと、地区の長と相談して饗宴を催すことになった。乙女を父親同伴で招くことができた。機会を捉えて乙女に挨拶し、近づいた。

「赤い手をしていらっしゃいますね」

「一日中、壺を作っているのです」

「あなたの顔はわたしが探している顔ではない」

「これがわたしの顔です」

「あなたの顔はわたしが探している顔ではない」とアルトニッドは残念そうに繰り返した。

「神がくださった顔なのです。わたしの赤い手で別の顔を作ることはできません」

10 スーフィ教徒のヨネド

スーフィ教徒のヨネドは八八〇年にこう書いている。「存在の根源は現れ出る時に『わたしだ』と言いはしない。存在の根源は自我を持たない。それはただ現れるだけだ。そしてまた閉じていく」

VII　（聖ウーラリーの続唱）

1　鳩の姿で空へと舞い上がった

その衣は冷気に吐き出された息の結晶でできていた。欲望で固くなった乳首から耳のように柔らかい性器の輪郭まで、女の身体のすべてが見えた。

その性器はｅと言う文字に似ていた、それだけだった。

違いはそれだけだった。

女の首は切られた。そこから鳥が出てきた。

2　フランス文学の誕生

フランス語がはじめて書かれたのは八四二年二月十四日金曜日、ストラスブールはライン川のほとりでのことだった。

フランス文学の最初の作品は、八八一年二月十二日水曜日、ヴァランシエンヌはエスコー川のほとりで書かれた。

はじめてフランス語で書かれたこの詩は、「聖ウーラリーの続唱」と呼ばれるようになった。皮の紙に書かれているウーラリーへの賛歌にはタイトルがない。なぜ「続唱《セクエンツィア》」なのだろうか。古代ローマの大聖堂で、古めかしい丸屋根の下で、またフランク人の新しいロマネスク教会の中で、真新しい「小聖堂」のよく響く丸天井の真下で、ラテン語で歌われていた歌を司祭たちはラテン語でそう呼んでいたのだ。

八七七年も終わりが見えてきた十月六日、かつてニタールが八四〇年代にその秘書を務めたカロリング朝最後の王、シャルル禿頭王がモーリエンヌ〔サヴォア地方南部の地方〕の谷のとある牛小屋の中で惨めな死を迎えた。王の四肢を温め、恐怖をなだめてくれたかもしれないロバの息、牛の息さえそこにはなかった。

八七八年の初めに、一週間かけて聖ウーラリーの聖遺物が船でヴァランシエンヌの港まで護送されていった。

二月十二日、司教は聖遺物を受け取った。

その日のうちに、ラテン語の歌「聖ウーラリーの続唱」が修道士たちの唇に上り、大行進は歌声に包まれて進んだ。ヴァランシエンヌのすべての司祭と聖職者たちの後に信徒たちとマンス〔農民の保有した持ち分地〕の奴隷たちが続き、聖ウーラリーの骨をサン＝タマン大修道院の主礼拝堂の内陣に納めにいった。

まさに三年後、八八一年二月十二日水曜日のこと、年に一度の聖ウーラリー祭と行進のために、聖ウーラリーに捧げられたラテン語の続唱がフランス語《イン・リンガ・ロマーナ》に翻訳された。殉教したバルセロナの聖女の骨を収めた聖遺物箱に従って行進する信者たちが、自分たちが口から流れる歌の意味を理解するのに苦労することのないように。

この最初のフランス語の詩は、旋律とともに、なめしていない鹿皮で綴じた書物の末尾にカロリング体〔シャルルマーニュの命によって神学者アルクィンが作り、八〇〇年から一二〇〇年ごろにかけて神聖ローマ帝国で使われ、近代の書体の基本になった字体〕で記されている。

この手書きの本の名前はそこからきている。リベール・ピロシュス（毛むくじゃらの書物）というのだ。

一八三七年にやっと、ある学者がこの二十九行からなるフランス語の詩をヴァランシエンヌの図書館で発見したのだった。八八一年二月初頭に、書物の末尾、本を閉じているむき出しの鹿皮の向かいのページに書き写された詩句を。

リベール・ピロシュスは今も残っている。

今もヴァランシエンヌの図書館にある。

自分のメガネを、鼻を、目を、なめしていない皮に近づける。すると九世紀の毛むくじゃらの本から今でもアルデンヌの森の匂い、冬の狩りの黒い血の匂いが強烈に漂ってくる。

フランス文学の最初の命は二十九行の短い命だった。

フランスのはじめの魂は鳥で、フランスのはじめの詩は十音綴だった。

3　聖ウーラリーの生

一行目にはこう書かれている。

「ウーラリーはよき処女《おとめ》であった」

かつて、キリストの生誕から二七六年目のある日、古代ローマ皇帝ディオクレティアヌスの支配下にあったバルセロナの城内で、ウーラリーは生まれた。

二八九年、古代ローマの元老院は、自分をユピテルになぞらえていたディオクレティアヌスにキリスト教徒を弾圧するよう要求した。うら若きウーラリー、よき処女はローマ帝国の権力に従わない者、ユピテルに抵抗する者、要するにユダヤ・キリスト教徒としてユピテル山の城塞に幽閉された。

ウーラリーが十四歳になり、女性になると、バルセロナを見下ろす丘の頂上で市の官憲により衆目の中で裁判が行われた。二九〇年のことだった。

若き処女は信仰を捨てることを拒否した。

そこでマクシミアヌス〔ローマ皇帝、在位二八五―三〇五、三〇六―三一〇〕は縄でウーラリーの腕を縛り、町の大通りを海際から円形劇場までゆっくりと膝で進ませた。

すでに火刑台が立っている土地まで続く木の階段を、ウーラリーはあいかわらず膝で上っていく。ローマ軍の百人隊長が木の枝に火をつけ、火刑台に炎をうつす。ウーラリーの衣は燃え始めたが、肉体は燃えない。パチパチとさえ言わない。か細く、毛も生えていない乙女の体は、すっかり裸で無傷のまま火の中に現れた。炎は彼女の肌を避《よ》けたのだ。

「そこでマクシミアヌスはウーラリーの首をはねるよう命じた」

ところが頭が転がり落ちた瞬間に、娘の魂は首から鳩のかたちをとってさっと飛び出していった。

わたしたちの言葉で書かれた最初の詩は美しい一行で終わっている。わたしたちの言葉で記された最初の詩の最後の行はこうだ。

「鳩の姿で空に舞い上がった　In figure de colombe volat al ciel.」

フランス語は母の性器から出てくる赤子のように、ラテン語から生まれおちた。聖女の首から飛び出る鳥のように現れた。

「鳩の姿で空に舞い上がった」

冬という言葉はラテン語で女性名詞だ。

カタロニアの王国でウーラリーという言葉は年の終わりに首を切られる「年老いた冬」を指す。城壁と司教区の畑の周りを延々と十二回まわってから、人々はウーラリーをかたどった藁の人形を海岸で燃やす。

冬は「死んだ」。

夜闇に新月が現れる。

悪しき日々は去ったのだ！

いつまでも続くかと思われた長き夜は終わったのだ！

「年老いた冬」の切り落とされた頭から、鳥の歌声の中に春が飛び出してくる。

カタロニア語で言うなら、「鳥の歌 cant del ocells」の中に。

若き殉教者の骨は崇拝の的となった。三音節からなるその美しい名は二月十二日、氷霧が舞い水が凍る最後の日に、カタロニアの栄えある港の下に広がる海の波からかろうじて上ってくる青ざめた陽の光の中で歌われる。

「ユーーラリア」は古代ギリシャ語で「美しい言葉」を意味する。

「美しい言葉」が死んだラテン語から出てきた。

「美しい言葉」はギリシャ語でフランス語を示しながら、囀《さえず》りながら殻を破って現れる鳥のように、古代世界から飛び出してきた。冬の終わりに、時の岸辺に。

4　サン＝リキエ大修道院の火事

修道士が鷲鳥ペンを手にフランス語に訳し、毛を抜いていない鹿皮に書きつけた『聖ウーラリーの続唱』は、八八一年二月十二日、サン＝タマン修道院で『聖ウーラリーのカンティレーナ』になった。

数日が過ぎた。

それは時間《タン》の本質を定義する「嵐《タンペット》」の数日にすぎない。

八八一年二月末、サン＝リキエ大修道院は、容赦なき戦士たちでもあったノルマン人の船乗りたちに襲われた。

かつてアンジルベールがここに集めた三百人の修道士のうち百人以上が殺された。図書室の一部は焼かれてしまったが、表紙の皮は厚かったからすべてが灰となったわけではなかった。炎を免れた本の上では黒く焼け焦げた梁が煙を上げていた。六世紀にできた最も古い建物の石は瓦解し、不思議な力を持つサン＝マルクールの泉の上に崩れ落ちた。八八一年二月末のこの日、図書室に入っていたニタールの『歴史』の自筆原稿は失われてしまったのだ。ヘラクレイトス〔古代ギリシャの哲学者〕が『自然について』の自筆原稿をエフェソスの神殿で鹿の頭をもつディアナの司祭たちの手に預けたのと同じように、ニタールも自著を図書室に納めてあった。ニタールの後任でランスの司教だったヒンクマルがランスの修道院で作らせた写本のみが残った。

それはある種の闇だった。

はじめてわたしたちの言葉で書かれた本は、わたしたちの言葉の歴史ではじめて焼かれた本なのだ。ニタールはいつも「狼の時間」を恐れていた。だからこそ、ニタールが時の解体を恐れつつ書いた類い稀な四巻の書は、日蝕から着想されたのだ。

5　二つの船橋のある大帆船

二つの船橋《ブリッジ》と茶色い大きな船体を持つ竜骨船なら、サン゠リキエの岸を離れ、星を追いながら大海を進むこともできた。

ある夜、教皇クレメンス六世は夢を見た。目を覚ました教皇は鹿の皮に包んで埋葬してくれと頼んだ。まもなく一三五二年に亡くなると、願いはたちまち実現された。教皇はこの世にぐずぐず長居するのが嫌だった。自身の言葉によれば、「自分の時代と身近な人々からすばやく逃げ去りたい」と心底望んでいた。

6　リメイユという名の子供の話

かつてある日、老いてきたリュシウス神父は、日々の暮らしを手伝ってくれる見習い修道士をそばに置くことにした。その子は六歳で音楽が好きだった。葦《あし》の笛でまことに優雅な節を吹いた。リュシウス修道士が自分の小部屋の前の庭で教えてくれる鳥の歌をまねて吹いた。鳥の歌の切れ目のあたりで調を変えた。あらゆる鳥が笛の呼びかけに答えて歌った。笛の巧みな節まわしに、どの鳥も思わずうっとりした。鳥たちは子供の足元に遊びに来た。靴の横で食事の残りをつつきに来た。

素晴らしい耳を持つ少年は、調を変えていく技法を年老いたツグミから教わった。リュシウス神父はサン＝リキエ大修道院に伝わる音楽帳を用いて少年に音符を教え、少年は楽譜を書けるようになった。フェニュシアニュスはといえば、自分が覚えていた中で一番複雑な歌を少年に託した。

子供はリミュリュスという名だったが、年若い修道士たちはル・リメイユと呼んでいた。ル・リメイユはリュシウス修道士に一生懸命仕えた。食事を用意し、小部屋の床を掃除し、洗濯をし、食堂にパンとスープを取りにいくのだった。

復活祭が近づくと、中庭の芝生の真ん中に立っている石像のてっぺんにノミの先で彫られたキリストの十字架像を磨く姿さえ見られた。

手先が器用だったフェニュシアニュスは黒木で素晴らしい笛を作ってあげた。先端にはツグミの嘴《くちばし》にそっくりな、見事な彫り模様のある吹き口をつけた。

空に住む鳥たちの歌を少年が笛で繰り返すのを聴くと、えも言われぬ甘美な想いがした。


二月のある夜、リュシウス修道士は朝課に赴こうと起き上がった。すると少年は傍らで、同じベッドの毛布の下で冷たくなっていた。リュシウスは少年をゆり起こそうとした。

無駄だった。少年は真っ白で、死んでいた。

リュシウスは悲しみにくれたまま礼拝に行くために階段を降りていった。自分の小部屋の台所で、子供がテーブルの上に置いた黒い笛を見つけた。笛を櫃にしまった。

復活祭がやってくるとリュシウス修道士は石でできたキリスト十字架像のところへ祈りにいった。見ると花崗岩の台石の上で、体が黒く嘴が少し白いツグミが石を掃除していた。修道士は心打たれて涙を流した。

「やさしい小さなツグミよ、ル・リメイユがかつてしていた手入れをおまえがしてくれるとは、なんとかいがいしいことか」

「ぼくはツグミなのか、あなたがおっしゃる少年なのか。よく見てくださいよ、リュシウスさま！」

はじめリュシウス修道士は、ル・リメイユと呼ばれていた子供リミュリュスが戻ってきたのかと思ったが、よくよく鳥を眺めてみると嘴に白い染みが見えた。近づき、鳥に触れ、目を見つめ、震えている黒いツグミを手のひらにのせてひざまずいた。それは死んでしまった子猫だった。真っ黒な子猫が蘇り、ツグミの姿をとって現れたのだ。平らだった黒と白の鼻が伸びた嘴に変わっていただけで、模様はそっくり同じだった。染みは猫だった頃ほど白くなく、少し黄色がかっていたかもしれないが、象牙色と言っていい。ツグミは神や聖人を讃える歌、カンティレーナやリフレインをなんとも美しくさえずった。時々、リュシウス修道士は優しく繊細な歌に聞き惚れ、遠くで僧院の鐘を鳴らして夕食の時間を知らせているユーグの合図を聞き逃すことさえあった。

7　ツグミの泉

旅から戻ってきたアルトニッドに、リュシウス修道士はこう言った。

「奇妙なこともあるものです。わたしが愛していた黒猫、壁に描いた似姿をあなたのお父上が消してしまったあの猫が、ツグミになって戻ってきたのです。普通、ツグミのくちばしは黄色いのに、その鳥は違いましてね。ツグミの雄は皆そうですが、全身が真っ黒で、ただ、くちばしに白っぽい染みがあるのです。ツグミにしか出せない口笛のような声で歌います。この修道院にル・リメイユと呼ばれていた子供がいましたが、わたしが可愛がっていた、あの、笛を吹く見習いの少年のように転調しながら歌うのです。素晴らしい節で、聴いていると思い出が蘇り、心が震えます」

毎年、キリスト受難の三日祈願祭の前日に、リュシウス修道士は十字架像のところへ行き、ひざまずいて手を合わせ、十字架を掃除しているツグミを眺めるのだった。

ツグミはくちばしの先で埃を払っていた。

石の溝に生えた苔やちょっとした地衣植物を一本一本抜いていた。

ツグミは辛抱強く、神の顔を若返らせていた。

ツグミが死ぬと、サン゠リキエ大修道院周辺の村や集落に住む人たち、葦の沼からやってくる漁師たち、港から上ってくる漁師たち、風車小屋、炭鉱、鍛冶場、製麦場、圧搾場、貨幣の鋳造場、レンガ工場、蹄鉄工場などで働く農民や農奴さえもが十字架像のところへやってきて、鳥の代わりに交代でキリストの顔についた塵をこそげ落とすのだった。

神の像はこうして手入れされているうちに、泉の上の大理石のようになめらかになり、輝きを増していった。

フェニュシアニュスが亡くなったすぐ後の復活祭の日曜、リュシウス修道士はフェニュシアニュスが作った笛をうやうやしく神に捧げた。少年リミュリュスのために祈った。象牙の吹き口がついた黒い笛をキリストの足元に、受難の遺物のあいだに置いた。

8　固着地衣

固着地衣は太陽の火に焼かれた岩が好きだ。正確には、固着地衣は苔と同じものではない。塵とも違う。苔と塵のあいだにあり、死んだ動物や息絶え砂漠に打ち捨てられている戦士たちの骸骨を覆うものだ。

ローマ人たちが拷問にかけ、円形劇場で観衆の見ているなか野獣に食わせた聖人たちの墓石を地衣類は好んで覆う。ギリシャ人がディオニュソスとも呼び、ルテティアの人々がドニとも呼んだバッカスに捧げる春の大祭で殺された人々の墓を包む。

金色の地衣類は、アイルランドやブルターニュ、ピカルディーにもあるキリスト受難群像の磨き上げられた石にぴったりとはりつく。キリストが磔にされ、イノシシのように腹を槍で刺され、奴隷のように無残に殺された十字架像の石に。

地衣類は神の頭が好きだ。頭を舐め、貪っている。

地衣類は鉄の桶に通した縄と滑車を支える石のアーチを囲むのが好きだ。

生は各人の力を越えた役割を与える。そんな役割の中で、人は死ぬことさえできない。

何百万もの種類の地衣類が、様々な組み合わせ――藻類と菌類が交渉を行う協同組合と言ってもいい――から生まれてくる。それは身体を結び合わせる交合や、結婚の絆のようなものではない。格子の上で絡み合う蔦や葡萄の枝のように永遠に抱き合っている、年老いたピレモンとフリギアの聖バウキスとは違う。もっと慎重な共生で、二つの生物体は互いの中に入り込まないのだ。二者（藻類と菌類、かつてと今、緑と赤、海と光を思い浮かべよう）が性的な歓びを味わうには、独立が保たれている方がいい。というのも、快楽への道筋は完璧にわかっており、それぞれの存在様態は厳密に区別されている方が確実に歓びを得られるから。ただともに食事する時だけ共有が起き、一種の会話や、喜びや接触、交換さえも生まれる。藻類は菌類に栄養を与えて、菌類がため込んだ水をもらい、自分が浴びた光を丹念に濾してから菌類に渡す。藻類と菌類の成長は限りなく遅い。一年で一ミリほど伸びる。待ちわび、期待が叶えられていく一歩一歩は甘美だ。地上の人間、歌う子供、無残に殺される黒い子猫、水の上で一朝に消えるカゲロウなどに比べれば、藻類と菌類の生は無限とも言え、何千年にも及ぶ。人が心配顔でうかがう時間、人類が地上に存在する前の想像もつかぬ時代にさかのぼるかつての時間を測る目安を藻類と菌類はくれる。野うさぎは地衣をかじり、トナカイもむしり食べる。鳥たちは地衣で巣を作る。地衣類は荒れ地を覆い、小さなカタツムリがその上を進んでいく。世界中に広がり、小さくなった、ねじれ模様の青っぽい鎧を着たフランク人の騎士たちのように。海はそのよだれ、粘液から生まれる。

9　死に絶えた黒い森に生える茶碗茸《ちゃわんたけ》

突然彼らは叫ぶ、「止まれ！」と。

そして歩をゆるめる。苔やコケモモのあいだでカタツムリだけ特有の速度で。

死に絶えた黒い森の木々のもと、パラソルのように生えてくる茶碗茸のすばらしい赤い傘の下でカタツムリはくつろぐ。

VIII （エデンの書）

1　イヴの庭

かつて、木の下で会話が交わされた。もっとも古い本にそのことが書かれている。場所は天国。イヴは枝の先にぶら下がっている美しく色づいたおいしそうな丸い果実を指していた。蛇がイヴに語りかけていた。イヴは手の平いっぱいに果実を握りしめた。冬のことだった。世の歴史はそう物語っている。

では、わたしたちの物語はどのように始まるのだろうか。

万年雪に覆われた山があった。松が一本生えていた。死んだ馬が一頭、けっして折れない剣が一本、鳴らない角笛が一つ。

山中で死んでいく男が一人。

2　ウワセル島

クナールやドラッカール〔竜頭船〕と呼ばれる、かくも恐ろしい船を作る北方の船乗りたちは、ソムやヨンヌの谷を好んでいた。

ロズブローグ〔古ノルド語詩やサガに語られている古代スカンディナビアの指導者で、九世紀にイギリスとフランスを荒らしたとされる〕は言っていた。「あの地域で暮らしているのはフランク人だ。怖がりで、意思が弱く、酒飲みで、太っ腹な人たちだ。サン＝リキエ修道院やサン＝ジェルマン修道院の建物には金がふんだんに使われている。ルーアンの町の近く、セーヌ川に浮かぶウワセル島はきっと楽園だろう」

八五八年、ノルマン人たちは聖ドニに捧げられた王家の修道院を占拠し、ルイという名の修道院長を人質に取った。ニタールの異母兄弟だったルイはシャルル禿頭王のもとで帝国大書記長を務めていた。ヴァイキングの長に払われた身代金は、六八八リーヴルの金と三二五〇リーヴルの銀だった。

八八六年にシャルル肥満王（カール三世）はノルマン人に銀七〇〇リーヴルを支払った。そこでノルマン人たちはパリを迂回し、ユリアヌス帝がかつて城壁をめぐらして守った古き宮殿とルテティアの代わりに、サンスとヴェズレーの町を略奪した。

九一一年、サン＝クレールのエプト川のほとりでシャルル単純王（シャルル三世）はロロ（フロールヴ）〔ノルウェー人、デンマーク人の指導者。ヴァイキングの襲撃を防ぐという条件でシャルル三世によってノルマンディー公に叙された〕と自分の娘を結婚させた。王はガリア・ベルギカ〔現在のオランダ、ベルギー、ルクセンブルク、北東フランス、西部ドイツにわたって存在した古代ローマの一部〕からブルターニュ王国との境に至る海際の土地をすべてロロに与えた。あれほど豊かで美しい、海と陸の接する土地が、かつてアンジルベールが支配したフランク王国海岸地方「フランシー・マリティーム」の名を失い、「ノルマンディー」つまりノルマン人の土地と呼ばれるようになったのだ。

3　海

カンで、ずっと向こう、河口から遠い砂だらけの海底に錨を投げたノードマンたちの船のそば、サクソン人やアイルランド人の平らな船や丸い船より先で、闇の中しだいに降りてきた風のもと、夜の始まりの中に波が打ち寄せる。港を離れ、削られ続ける入江と船着き場を後にし、しだいに埠頭が見えなくなってゆく。鳥たちが集まって身を潜め、宝を隠し、そっと楽しんでいる葦の茂みをぬって進んでいくと、光る海の水面上にまだ少し波しぶきが見える闇の中、立つ泡波の白っぽい頂が見える。

波の響きは夕の静寂の中でますます遠くまで広がる。

大地に切り込む水がたてる、このとてつもない咆哮が何に向かって語りかけているのか誰も知らない。ある日、あれほど昔、火の力を借りて海の上にせり出た大地を浸食し続ける水。

耳が存在する前から、命そのものが地球上に生まれる前から、見えないものに向かってかくも彼方へ、海がいつまでも投げかけ続けている叫びが何を言おうとしているのか人にはわからない。惑星を取りまく一つの、あるいは均質な海の謎めいた底で生命が生まれる前から、その叫びは途絶えることがない。

月は、自分に向かって波立ち、自分の輝きに向かって唸る海を引きつけているのか。

生き物の顔の横に耳介が象られ、穴があき、耳が開く前に、なぜこれほどの音が存在したのか。

立ち上がるものをねじり、進んでくるものを転がす、何ものも決して静めることのできない動き、たえず生まれ泣いている波、海から陸へのいつ果てるとも知れぬ回帰の意味が誰にわかろう？

サールは即興でこんな詩を作った。
「その低い唸りは
星の間の漠たる闇よりもっと謎めいて
泡波に足をつけ、砂に尻を濡らし
時を忘れて聞き続ける者の耳を聾し、腹をえぐり、不安で満たす
苦い塩、溶かす酸のように内側の黒い闇を濃く染め
耳をそばだて聞き惚れた瞬間、頭かき乱し、心締めつける
ねばねばして美味な人間の脳が収縮する頭蓋の真っ暗な内部にこだまし
波の先で転がし砕く貝殻の中に人の何かを閉じ込め
弄んでは、波がねじり絡み合わせまたほぐす、伸び縮みする柔らかな海藻の中へ押し込む
自らの精液で濡れた、粘つく長い性器に似て茶色い藻
狙い、欲して近づいてくる目から姿をくらまし、海溝の底で生き延びるためにイカが吐く墨のように
黒い

ああ、母のように果てしなく呻き続けるあの音
立ち尽くし、よろめき
時には悲しみで嘔吐しながら
おまえの前でうずくまらずにいられようか
膝の骨は濡れた砂粒に触れ、地に食い込む
小さな波の隆起が近づいて鼻を俯けても

気づけば、しぶきと白い塩で顔も濡れ
肋骨の青白いアーチの下で心臓は震える
寒さで皮膚から飛び出た、茶色がかった胸の小さな二つの点の下で。
大海のきわでは意味もないおぼろげな泣き声を発しながらおどおどと、
風を避けて身をかがめ、
波の叫びが聞こえないかのように
荒れ狂い世界を浸す海の咆哮の重みに背を屈める。

尻の溝は冷え切り、尻の穴はすぼみ、かかとは埋もれ、足指の間には砂
精神は縮まり、押し込まれ、息を切らせ
山の中で雪に埋もれたブルターニュ総督のようにたった一人
ふらふらと
膨らんで迫り来る太古の波の隆起の前に上半身を屈める
着いたと思えば引いていく波は
ますます高く、唸り、罵りながら戻りくる
その時、カラスの黒色の上に突然浮き出るサメの青色は
カケスの漆黒の羽の突端にのぞく風切り羽にそっくり」

4 暗き谷

兄弟たちよ、太陽の光が消える。
町、顔、馬、船、港、海を照らす太陽の命は尽きようとしている。
太陽が自然の上で輝いてきた時間は、地殻をつくる山や大陸を太陽が今後照らす時間よりも長い。
かつて太陽が生みだした体系はすでに解けつつある。
偶然に力を借りて生まれた地球上の生命は滅び始め、巨大文明が力の限りその破壊に手を貸している。
持てる手段を尽くし、
研ぎ澄まし、
組み合わせ、
増やしながら。
かつてどんなものでありえたか、何ものももう想像できなくなるだろう
海が
生命が
自然が
獣たちが。

だが耳を澄ましてほしい。
夕暮れの静寂を聞き

完全な静寂の中で耳をそばだてるのだ。
人間が地球と呼ぶ惑星は、今日まで解明されていないざわめきを発している。
周波数が低く、決して途切れない、かろうじて耳に届くこの歌は、真っ黒な波から立ちのぼる。
深淵でも海中の台地でも、傾く海底の上を水は行きつ戻りつし
大陸の端の斜面にぶつかった瞬間
歌う。

5　消えたリュシウス修道士

リュシウス修道士がどのようにして亡くなったかは知られていない。リュシウスはいなくなった。サン゠リキエ大修道院の記録帳には、リュシウス修道士が森の中で迷子になったと書かれている。獣に食べられたのだろうか。熊に腹を裂かれたのだろうか。狼に喉を掻き切られたのだろうか。アンジルベールという名のフランク王国沿岸伯を嫌って逃げ出したのだろうか。それともアンジルベールの幽霊に追いかけられたのだろうか。リュシウスについてわかっている最後のことの一つに、老リュシウスの部屋で文字を教えてもらっていた老鳥使いが伝えた言葉がある。

「人生も終わりに近づいたリュシウス修道士はこう言っていました。猫が好きでない人間は例外なくみな、自由を嫌悪する者であることがわかったと」

6　母のかけら

アルザスのなだらかな丘と恐《モン・テリーブル》山の南、つまりアルデンヌの原生林の北に、未来を見通せるサールという名の女が住んでいた。

サールはローマ時代のウセロドゥナ、ルービエとも呼ばれる地で生まれた。サールは、一番古いほら穴や洞窟や泉や崖の岩筋ができた頃からわたしはいるのよ、とも言っていた。

ほら穴も洞窟も泉も崖の岩筋もサールも、生まれた時から場所を移動したことがない。

もしかするとルービエの地そのものがサールだったのかもしれない。

アルトニッドがまだ少年だった頃、自分よりずっと年上のサールを愛したという。だが欲望がこみ上げる時、年齢など何だろう？　アルトニッドはサールの身体の割れ目で限りない歓びを知ったが、サールは視力を失ってしまった。

妖精のサールには予言ができた。その洞察力は曇ったことがなかった。サールは言った。

「わたしたちの目の内側の角には、縮んだ皮のような、桃色の小さなかけらがある。なぜ原初の時がそれを目の隅に押し込んだかわかる？　肉のかけらをそこに閉じ込めて責め苛んだのはなぜか、知っている人などいる？　男にも女もあるこの小さなばら色の肉片の由来を教えてあげる。それは原初そのものの《父》、太陽を運ぶ神、夜の奥の闇の上に君臨している『カラス』から来ているの。この桃色の小さな肉は、人間が現れる前から鳥たちにある半透明で乳白色の第二のまぶたの名残なのよ」

この第二のまぶたは夢のまぶただった。

見ようとする眼球から塵を取り去って潤し、見極めたいという願望を曇りなく磨くためにあった。

大ガラスの息子たち、つまり人間たちの目の中でそのまぶたは縮んでしまい、小さなバラ色の包皮になって視線の脇に残った。子供の下腹部で泉を隠している皮のように。

涙はそこにたまる。

鳥から派生した古代の人間たちはそれを「母のかけら」と呼んでいた。それは「まばたきする《ニクタツト》」、と母のかけらの巫女は断言した。

「それはしばたたく」

「赦すよりは貪る」

「同意する」

「歓ぶより泣くことの方がたぶん多い」

「歓ぶことと泣くことは区別できるのだろうか」

「それはニタールを偲んで泣いている。双子の兄が最後に会ってからどれだけの季節が巡ったことか、ニタールが剣で頭蓋を割られ、頭から大西洋の波間に落ちていった時！」

7 死者たちの笑いを聞くアルトニッド

八七七年の終わり、十月はじめの聖レミの日に、アルトニッドは八十九歳を越えた。フランク人最後の王シャルル禿頭王は、窓もないみすぼらしい牧人の小屋で息を引き取ったばかりだった。自分の命も長くないことを察したアルトニッドは、近しい人々を寝床のそばへ呼んだ。

「わたしは死ぬ」

人々は答えた。

「わかっていました」

「どうしてそんなことを言うのだ？」

「あなたの顔に書いてあります、アルトニッド」

「そんなはずはない！　年齢からしてもう死にそうだと思っただけだろう。九十歳になろうとしていて、頭も完全に禿げてしまったのだから！」

「それは違います、アルトニッド。あなたが高齢になったからではありません。髪の毛が無くなったのを見て、あなたがもうすぐ死ぬと思っているわけでもありません。あなたの顔つきからわかるのです」

「双子の弟ニタールが亡くなってからちょうど三十三年だ」

「確かにニタールはあの湾で亡くなりました。水から引き上げ、塩づけにし、荷車の台に乗せて運び、敷石の上に寝かせました。今は、お父上が最初に手に入れられた石棺の中で、ご自分の赤いストラだけをまとって眠っていらっしゃいます。空の星と遮るものなく向き合って！　ですが、先にお腹から出てきた双子の弟ニタールの三十三回忌が、あなたの唇を口の中に押し込むわけでもなく、そのせいであなたの死が近いことが明らかなわけでもないのです」

アルトニッドはうつむき、何も答えなかった。

「あなたの目なのですよ、アルトニッド、あなたが死ぬことを語っているのは！　ご覧なさい、あなたの目がどれだけ虚ろか。見えるように鏡を持ってきましょうか？」

アルトニッドは頭を横に振った。そしてつぶやいた。

「自分の死を見るために鏡を持ってきてもらう必要はない。たしかに、わたしの体はほとんど空になってしまった。でも、わたしの魂が苦しんでいることも確かなのだ」

「では、苦しむのはおやめなさい。すでに片足をあの世に置いている人間がそんなに死に苦しめられるなんて、尋常なことではありません」

「まったく、あなた方には何もわかっていない!」とアルトニッドは語気強く言った。「何が起きているのかまったくわかっていないのだな。わたしの苦しみのもとは、自分が死ぬという事実ではない」

「では、何があなたをそれほどまでに悩ませているのか、具体的におっしゃってください。そうすれば、お望みに沿って、わたしたちにも何かお助けできるかもしれませんから」

「わたしを悩ませていることを説明するのは難しいのだ。わたしではなく死者のことだから」

「では、あなたが自分の奥底に感じていらっしゃる死と関係があるではありませんか」

「いや、わたしの死ではない。わたしがこれから会いに行かなければならない死者たちのことを言っているのだ。すでに死んでいる死者たちだ。死者の世界に長い者たちがわたしに話しかけてくる」

「ニタールですか?」

「死者の世界の底からわたしに話しかけてくるのはニタールではない。弟はわたしを苦しめたことなど一度もない。弟はいつもわたしの前にいた! 生まれる前からわたしの前にいた! わたしを守ってくれていたのだ。わたしを愛してくれた。わたしは弟をできる限り避けてきた、というのも、あいつは全身全霊の愛情でわたしを窒息させるのだ!」

「では、誰があなたにつきまとっているのですか」

「よく知っている死者たちがわたしをカツカツと追ってくる。それほど知らない死者たちがわたしにブンブンつきまとう。よく知っている死者たちは、悪夢をもたらす雌馬のように追ってくる。どこへ行こうとも背後に蹄鉄の音が聞こえる。よく知らない死者たちは、アブが昼間、動物たちにまとわりつくようにわたしにつきまとう。顔の周りを飛んで髭に入り込み、目のふちを刺したり鼻の穴に入り込んだりしようとする蠅《はえ》のように」

アルトニッドとニタールの二人の姪は笑い転げた。

二人は死にゆくアルトニッドの床の隅に座った。

「そういう二つの群れの死者がわたしに問いかけてくるのだ。彼らの質問にどう答えたらいいかわからない。ソムの闘いの前線でなぜわたしは弟ニタールのそばにいなかったのか？　なぜフォントノワの森でアダラール長官の指揮のもと戦いに行かなかったのか？　なぜ祖父シャルル・ル・マーニュのようにローマに赴き、廃墟で牧草を食む雌羊を見たり、古代の人々が住んだ七つの丘に揺れる青々としたオリーブの樹を見たりしなかったのか？　なぜフラミニア街道〔紀元前二二〇年の監察官フラミニアが作ったローマ市からアルミヌムに至る道路〕を行進しなかったのか？　なぜ平和の祭壇《アラ・パキス》〔ローマ皇帝アウグストゥスがヒスパニアとガリアで勝利をおさめ、ローマに平和がもたらされたことを祝う祭壇〕の前で署名をしなかったのか？　死者たちは絶えず問いかけてくるのだ、なぜ？　なぜ？　なぜ？　と」

「死者たちがあなたを馬鹿にしているのがわからないのですか、アルトニッド！　今頃になってあなたを非難しているのですよ。もちろん、あなたはシャルルマーニュ皇帝ではありません。皇帝が認知しなかった孫で、お母さんの思い出のおかげで愛情をかけてもらったにすぎません。でも、あなたはルイ敬虔王より長生きした！　王の娘の娘エメンを愛したあなたは！　死者たちが言い募ってくることに苦しむ必要などありません」

「何もわかっていないではないか！　あの人たちが作るわたしの評判などどうでもいい！　彼らは、『死んでいる』、そのことが辛いのだ。わたしだけ、このアルトニッドだけがあの人たちを『覚えている』。わたしだけがあの人たちの思い出を開くことができる。わたしには彼らの姿が見える。顔が見える。もはやあの人たちの顔を知っているのはわたしだけだ。仕草まで見える。あの人たちの手の動き、わたしの話を聞くとき背中を伸ばしたり首を曲げたりする様子が思い出せる。そして、あの人たちはいきなりわたしの方に向き直り、じっと見つめるのだ、特に理由もなく。あの人たちにはわたしが何をしているか理解できない。目を見開いて、なぜ一緒にいないのかと聞くのだ。なぜ、死んであの人たちのそばにいないのか。こんなに遠くで何をしているのか。なぜ生者の世界でくつろいでいるのか」

「でも、あなたはあの人たちを愛していたでしょう、アルトニッド？　忘れてもいない。裏切ったわけではないのです。あなたは数多くの心豊かで美しい女性たちと関係を結び、もともと不幸だった以上に不幸にしたわけではありませんでした。羨《うらや》み、苛立ち、怒りに駆られ、あなたの幸福にいちいちけちをつけようとそんな風に言うのです」

「友たちよ、わたしは間抜けではない。死者たちの亡霊がわたしを馬鹿にしているのはよくわかっている。表情を見れば、亡霊がわたしに意地の悪い策略を仕掛けているのもわかる。だからこそ、見極めたいのは、わたしの悲しみの原因ではない」

「何があなたを苦しめているのですか、アルトニッド？」

「死者の中にいるあの年老いた女、あまりに年老いて、わたしの哀れな目には顔つきがはっきり見えなくなってしまい、名前も忘れてしまったあの女のことがつらい。つきまとってくる死者の群れの真ん中で、あの老女がわたしのすぐそばまでやってきて、口を寄せ、皮膚や結んだ唇を指でつまみ、顎の下のたるみを撫で、皺を伸ばしながら小さな声でこう聞くのだ。『なぜアルトニッドはアルトニッドらしくいられなかったの？　どうして子犬みたいに他の人たちの後をついていったの？　なぜ猿のように他の人の真似ばかりしたの？　円形劇場で演じる無言の道化芝居みたいに。水面の反映のように。歩く足についてくる影のように』」

「エメンの娘エメンがそう言うのですか？」

「エメンではない」

「いいえ、エメンでしょう。なぜ嘘をつくのです？　エメンはそれで何と言っているのですか」

「それほどお望みなら、エメンの娘エメンだということにしておいてもいい！　彼女はいつになく美しい。でも、『なぜアルトニッドらしくいられなかったの？』と聞くのは彼女ではないのだ。グレンダロウの宮殿にいたアリラ女王は、石と柘植でできたかくも美しい迷宮に君臨していた。だが、その問いを投げかけてくるのはアリラでもない。懇願しているのはチュランでもない。叫んでいるのはマクラでもない。非難しているのは、あれほど若く男を寄せつけなかった、「水の出会い」にいたエミリア・ド・ゴンダロンでもない。答えを迫るのは、裸の潜水者の島に面する「黄金の角」にいたビザンティウムのウードクシーでもない。リムニの平原にいたリムニでもない！　わたしにとって彼女はずっと二十歳だが、わたしは、わたしは、年取ってしまった！　七十九歳になり、二百歳の老女にこう言われるのだ。『みなニタールのことばかり言っていて、あんたなんか永遠に話題にも上らない。どうして人からもらったものを、娼婦が皮のサンダルの下にへそくりを隠すみたいにため込んでいたの？　ずっと死人みたいに生きてきたくせに、なぜまだ死んでいないの？　どうしてアルトニッドらしく生きられなかったの？　クローバーやタンポポ、燕麦《えんばく》、ヒースを一本たりとも食べ損なうまいとする、ふさふさした白い毛の羊みたいに、王族たちについていったのはなぜ？　勇気のない人のように、司教や君主や皇帝や首長たちの悪行に目をつぶっていたのはなぜ？』そういうわけなのだ。あれほど若くてあれほど年取った女、あれほど美しくてあれほどぶよぶよになった女、あれほどみずみずしくて同時に艶を失い、神々しくて汚い女がわたしを非難する。しかも彼女が正しいのだ！」

アルトニッドはがっくりと頭を落とし、すすり泣き始めた。

「もっとひどい夢を見ることもある。寝ている間にあの女が毛布を蹴とばしにくるのではないかと怖くなる。顔に平手打ちをくらわせ、こんな言葉を浴びせるんじゃないかと。『アルトニッド、行っておしまい！　もうあんたに脚を開くなんてまっぴらごめん。奥まで入ってくるあんたを感じられるほど、あんたは存在していないからね。まったく、十分アルトニッドらしい生き方をしてこなかったんだから。誇りに思う愛しい男にするみたいに、わたしの腕にもう一度抱きしめ、しなびた胸にあんたのざらざらした頬を押しつけたいなんて思わないわ』」

「その恐ろしい死んだ老女は誰なのですか?」

「最初にわたしが愛した女だ。あなたがたは知らない」

アルトニッドはまた泣き始めた。

ベッドの反対側へ顔をそむけた。

そこで近親者たちは、はじめて愛した女性の顔を思い出しながら死にゆくアルトニッドのために祈り始めた。

(彼らはささやき合っていた。「お母さんのことかしら?」「いいえ、ベルタのことではないわ。ベルタは皇帝と一緒にずっとアーヘンにいたもの。アンジルベールよりカール皇帝の方が好きだったくらいよ!」「ではエメンでしょうか?」「そうに違いないわ」と姪たちは言った。「でもエメンと寝たことはなかった」と別の人。「寝なければ愛せないなんてことはないわ!」と姪たちが指摘する。グレンダロウのアリラ、ビザンティウムのウードクシー、アラブ人たちが再建し美しく飾ったカルタゴの港と向かい合うシチリアのシラクサのアンセルマかもしれないとは誰も思わなかった。もっとも近しい友たちだけがこう言っていた。「サールだ、ソム湾のシャーマンだ。アルトニッドはいつも、愛を告白していたらサールは結婚してくれただろうにと思っていた」「でもサールはアルトニッドより一千年も年上だったんだよ!」「そんなことはどうでもよかったのさ、アルトニッドが愛していたのは彼女なんだ。森の中では年齢などない。虎には貧困などない。狼には贅沢品などない。野獣には見栄などない。サールと一緒にいた時だけ、アルトニッドは幸せだったのだ」)

IX（詩人ウェルギリウスの書）

1　ウェルギリウス

ウェルギリウスは『アエネイス』四章百七十九節にこう書いている。「人はかつて失った古い森の方へと歩いていく。昆虫や動物の群れをまねて殺戮するために集まり、罠をかけ、網を張り、死者たちの上に石を積み、殺すために軍隊を集め、国家をつくってその辺を想像上の、言語上の、曖昧だが容赦ない、恐ろしい国境で区切った瞬間にかつて失った森の方へ」

ラテン語で言おう。Itur in antiquam silvam. 古い森の方へと歩いていく。

フランク人たちはライン川、ムーズ川、モーゼル川、ソム川、セーヌ川、ヨンヌ川、ロワール川、ガロンヌ川に沿って歩いて行った。

人は真っ暗な母の腹の中で聞いた叫び声の方へ歩いていく。ある日、立ち上がり、優しい微笑みのように思えたものの方へ、唇に紅をさした美しい顔のように見えたものの方へよろめきながら進んでいくようになる日まで聞いていた叫びの方へ。空疎なふさふさとした髪に縁取られた顔は豪奢な中身のないドレスの上でやがて囮《おとり》のようになり、魅惑する奇妙な魔法の文字と化した。

人は鳥たちの方へと歩いていく。音楽の中に紛れてしまった鳥の方へ。

Itur、人は歩く。

Fletur、人は泣く。

どこで？　人間の世界より古い森で。もはや世界にはその崇高な名残が点在しているだけだが、この世で最も美しいものであることに変わりはない。

山の斜面。

海のきわ。

流れながら蘆や砂丘の旋律を歌う砂。

花咲く河岸、黄水仙、薔薇、榛《はしばみ》、柳の帯の縁。

岸壁に隠れ、洞窟の影の中、木の重い鎧戸を一つ一つ閉ざした部屋の作られた暗がりの中、欲し、そっと裸になる身体。

それから人は鎧戸を開く。窓を開ける。荒れ野に通ずる扉の錠をはずす。

頭を出す。足を出す。敷居を超える。苔や地衣類のとりどりの色に向かって歩いていく。

森の下草の上、鼻腔を開くじっとりした香りに包まれ、赤みがかってふっくらと面白い姿を競うキノコの傘めがけて歩いていく。

水晶、雲母、碧玉、金、トルコ石、オパール、真珠よりもきらめく朝に向かって、
濃密な色彩、光を放つ色彩、人が絵画の中に溶かし込んだ、まばゆく魅惑するあらゆる色彩より強く輝く、目もくらむような暁に向かって歩いていく。

この世に生まれ落ちるとき流した涙だけで十分だ。

ラクリマエ・レルム。万物の涙。

空から降ってくる原子は万物の涙だ。

地上の比類なく美しい形象や場所がしまいには苦しみの涙になることを、ウェルギリウスはこのように記した。もう二度と会えないことを知っているなら、そうした形象や場所は、指で押すかのように心を締めつける。

2　クマエの鳥かご

学識豊かなウァロ〔共和政ローマ期の著作家、政治家マルクス・テレンティウス・ウァロ〕はクマエにあった自分の家の巨大な鳥籠のすぐ脇になぜ図書室を作らせたか、わざわざこう説明している。「死者の書から飛び出して鳥の中に入り込んだ魂が、本の埃の上を舞っていき、どこかにとまってやすらえるように」

3　鷹といる聖ヨハネ

かつて、ある日のこと、シャルル・ル・マーニュは自分の娘がギリシャ語を学んでビザンツ帝国に赴くことを望んだ。その時、皇帝は皇女ロトルートをコンスタンティノス皇帝に嫁がせるつもりだった。コンスタンティノス六世の実母、息子の摂政をつとめていた皇后エイレーネーは、アジアを見下ろす、世界でもっとも魅惑的な宮殿に住んでいた。皇女ロトルートはサン＝リキエ大修道院のリュシウス修道士のもとでギリシャ語を学ぶと、ミサ聖祭通常文〔すべてのミサに共通な典礼文、祈り、聖歌、儀式の次第を記したもの〕の中のギリシャ語で書かれたテクストをロマンス語に、つまり人々が今や「フランス語」と呼ぶようになったフランク人の言葉に訳したいと望んだ。そのテクストとは「ヨハネの福音書」だった。

Linguae cessabunt. 言葉は途切れるであろう。翻訳しようと心に決めた「ヨハネの福音書」の冒頭を、ロトルート皇女はパウロの言葉を引用してそのように訳した。〔「ヨハネによる福音書の冒頭」は一般に「はじめにみことばがあった」と訳されている〕

かつて、はじめに、言葉はなかった。まだ人間はいなかった。あらゆる動物は獣で、人間も獣だった。一番力の強い捕食動物にもまだ名がなかったが、それが神とも呼ばれる存在、つまり猫科の動物と猛禽類だったことは疑いない。馬たちは王族、大きな鹿たちは公爵のようなもので、その美しさと性器の形からしてより人間に近かった。だからこそ馬と鹿は、鷹やライオンと人の間を取りなしてくれたのだ。言語がなかったその頃、夢に見るイメージはさまざまな欲望の音と混ざり合った。空腹と孤独が穿ち、身体をかき乱すまでに広がっていくいつもの虚しさに欲望がつけ込むのだった。欲求不満の嘆き声、満たされた歓びの喉音などは、繰り返されるうちに、動物たちの唇の上で相手をおびき寄せるまね声になった。さらには、血や細かく砕かれた筋肉が詰まった牙の間で何ごとかを囁くようになったのである。

こうした音の模倣は母から子へと受け継がれた。あたりまえの感覚や明らかな欠乏にまぎれ、深い警戒心に隠されてほぼ気づかれることのなかった混同を言葉が霧散させた。だが誕生のたび、小さな生き物が闇から現れ、女性器の狭い通路を通り抜けて外気にさらされるまさにその瞬間、光は赤子を完全に独占することができないのだった。光が生まれてきた者を太陽の眩しさで包み明るみの中に引き止めておこうとしても、皆、影を懐かしむようになるのだ。影の中で生きていた時には、肺呼吸をしていなかったという単純な理由から、いかなる声も光を受け取ることができなかった。こうして、光より先にあった影から出てくるすべての人間が、光の中に現れた時、影を追い求めたのだ。影の中ではいつも満たされ、判別し難い見えない姿で母胎につながり、体を丸め、丸々と充溢して幸せに存在していたのだから。誰もがこの闇と沈黙の中からやってきて（人は皆、孤独なこと魚のごとくおし黙って暮らしていた水中から外に投げ出された）、闇を語り、孤独を尊び、沈黙を愛す。誰もがいつか、光ある前の世界を思い出せるように。


こうした人間たちは影ではなかった。影から現れ出てきたのだ。

時に沈黙が存在を包んでいた、雷雲の周りに漂う微光のように
神々の髪を縁取る黄金の輪のように
山の頂を包む光の雲のように。

その沈黙は、光も空隙もない、液状のなめらかな世界から来ている。だからこそ、誕生以前の沈黙は壊れることなくこの光の世界にやってくることができなかった。

光は影を受け入れることはできないのだから、光が影を照らすかぎり。

のみならず、光は輝きを振りまいて影を殺してしまう。

同じように、言葉を発する者は決して沈黙を受け入れない、沈黙を破るのだから。

4 ページ

そうした奇妙な人間たちの中には、さらに奇妙に思える存在もある。教育を授けてくれた集団や、言葉を教え、野蛮な性質を飼いならそうとした母親から離れていく者たちだ。沈黙の中に留まり、影の中に居続ける人々。崖から突如剥がれ、砂浜に落ちる石のようだ。沈黙はすぐにまた石の周りに戻ってくるが、石の姿は一変する。崩れ、傷つき、穿たれ、放り出された顔。集団から切り離され、崖の下や岩

の裂け目の影の中に彼らはうずくまった。

その者たちは見つめてはいなかった。

歌ってはいなかった。

言葉を発してはいなかった。

だが木の皮の裏、壊れた陶器の破片に、岸に打ち上げられた木片に、記号を並べられるだけ幅のある葉の表に何かを書きつけていた。時間をかけて削った石にも小さな姿を彫り、何を表しているのか皆に説明するわけでもなかった。骨にも彫った。肉をこそげ落とし、骨を磨き、夢を浮かべる闇からきたイメージを、見た時の静寂にうっとりと委ねたまま、細部を省略して描いた。彼らは母親たちの開いた性器のような洞窟にいきなり入っていき、ひっそりと暗い穹窿を覆う方解石に、爪や砕いた石で切り込みを入れた。松明であたりを照らしたが、描いているあいだ火は目の下でくすぶり、涙がこぼれた。この「目元の炎のおかげでできた光の室内画」こそ、彼らが「パージュ（ページ）」と呼んだものだ。それが「ページ」だった。ラテン語では「パギ」、ロマンス語では「ペイ」である。

5　馬たち

カルロマン一世の時代、領主たちは小姓《パージュ》に付き添われてソム川のほとりを進んだ。

書物になるのは馬だった。

書物はその頃、牛でもありえた。女たちを雨と寒さから守るために動物の皮を張った車を引く牛たち。鹿にも書いた。なめすのを忘れ、匂いも毛も残った鹿の皮に。

あちら側——アジアの山脈の向こう側の、霧がかった青い国で、中国の国境に達した老子は乗っていた牛の胸繋《あなぐら》を引いて捉え、四つに折り、懐にしまった。そうやって高い段を一段一段登り、万里の長城を越え、インドに向かった。

かつて、中国に帝国が生まれるずっと前、古代の人間がシベリアに引きこもる――あるいは動きゆく日本列島に閉じ込められる前、それは壁面に描かれる野牛だった。

牛たちやオーロックス〔絶滅した欧州の野牛〕よりもっと前、それは素晴らしい角《つの》を持つ鹿たちだった。

角の枝はどうやってできたのだろう。

森に隣接する地域《パグス》はどこからくるのだろう。

森の空地に開けるページはどこからくるのだろう。

川のほとりの村落《ペイ》はどこからくるのだろう。

目が追っていく線はどこからくるのだろう。

地平線は、現実に発見されたことのない架空のものだ。

地平線は、人間の視覚の限界に刻まれる想像上の線だ。

この幻想の線上に、言語を操る人間の精神は始点を刻む。

手は、現実にはどこにも存在しない線をページの上になぞっているにすぎない。

そこ、空のそこかしこに、鳥たちがとまり、世界がそこで途切れる線がある。

それに、なぜ人は鳥の羽で書くのだろう。

光の岸では（in luminis oras）奇妙なことばかりだ。眺める者の目には、太陽そのものが左から右へと動いているように思える。だが、星は右側から昇ってくる。聖パウロの弟子だったアレオパゴスのディオニシオが「東」と呼んでいたのはそれだ。星が沈んでゆく左手の場所に星のすみかまたは隠れ家がある。フランク族の年老いた雌狼が世界の「西」と呼んでいたのはそれだ。皆そこで死ぬ。星と星を結んでできる図形はいつも東の闇の底から現れる。つまり観察する者の左手から上ってくる。ひざまずいて開いて手のひらを前に差し出す者の右手に、太陽が弱り、紅色に染まる薄暗がりの中へとゆっくり沈んでいく側に、星たちは消えていく。

そのため、セヴィリアのイシドールスは右手で、六三二年にセヴィリアで『語源』にこう書いたのだった。ページ（パジナ）はある区画（パグス）だが、それを読む場である身体は「黒いマンドルラ〔神あるいはキリストの身体を取り巻く光〕」であると。

6　ロワール川での死

八四九年、ロワール川の浅瀬を渡ろうとして、作家ワラフリッドとレシュノー神父は渦に巻き込まれた。渦巻く水にコマのように回されて息をつぐことも叶わず、死んだ。

7　空

星が現れると空は球体のように見えるが、それは、旋回する光の痙攣を見上げるまなざしの想像にすぎない。

ソム湾のサールはこんな詩を作った。

「夕闇の中で毎晩ますます丸みを帯びていくものがある

青色でも、茶色でも、黒色でもない
夜闇に砕かれるまではおぼろげな輪のよう
休みなくいつまでも流れ続ける小川をまたぐ橋弧かアーチのよう
コウモリたちは柔らかな帆を腕の下に張り、脚の指で押し広げる
その姿はまるで四方八方に飛ぶ灰色の屋根
猫たちはビロード張りの足で戻ると丸まり、裏返した肉球を腹の繊細な毛の下に埋める
さえずりやめた鳥たちは寒そうに、夜のあいだ丸い小さなお腹の上に羽を閉じる
家々の屋根はくすみ、屋根の瓦は溶け合って弧を描く
岸まで続き突然消える芝生はなだらかにたわむ
震えの止まった竹は急に頭を垂れる
虫に食われた古木のテーブルは膨らみ毛羽立つ、腿の上でごわつくビロードのズボンのように
錆びて茶色くなった鉄の椅子は自分の丸い影に溶け込む
長椅子と座面の布はじっとりと重くたわむ
かすかに開いた本
指の下でふくらむページ、めくる
わたし」

8　ジヴェの港

とつぜん、にわかに濃くなった霧の中に踏み込んだ。歩を緩め、奇妙な凍てついた綿の中を歩いてい

った。視界は悪かった。川に沿って雑木林の中をそろそろと進んだ。ヨンヌ川の平底船が修理のために船渠に引き上げられて並んでいる場所にたどり着いた。いくらか汚れて黄色くけぶる霧の中で揺れる、湿気でぼんやりしたランプの光がかろうじて見えた。

　わたしはジヴェの港にさしかかった。

怖くなりそっと水辺を離れ、水音に耳をそばだてた。

わたしは本の入った袋を手にゆっくりと一歩一歩、ねずみ色の滑りやすい舗石の上を小股で進んだ。

小さな港の岸沿いの舗石は川の氾濫や雨であちらこちら剥がれていた。

　少し早足になり、一番しっかりして見える橋を渡っていった。石の欄干を手でかすめながら、しかし手を預けることなく。

　マラルメが子供の頃ミサに通っていた古いヴァイキングの教会、サン＝モーリス教会の前を通った。三つの小さな棟からなる自分の家にたどり着こうと、濡れた草を踏み、つがいのマガモたちの邪魔をしながら、曳舟馬の道を再び辿っていった。それはかつてサンスからサン＝ジュリアン＝デュ＝ソーやジョワニーへ、オーセールの旧市街へ、垂木がなく梁が美しいカデ・ルセル〔一七四三―一八〇七。法廷執達吏でオーセールに双角の家を買い取り風変わりな増築をした〕の家へと至る道だった。ふとわたしはその夢のことを思い出した。すっかり霧が立ち込めた岸で、わたしたちは二十人ほど、女、男、何人かの子供も一緒に、水際すれすれに立ったまま身じろぎもせず裸で待っていた。とてもつらい夢だった。寒かった。夜の終わりなのに辺りはますます暗かった。視界は悪かった。目を見開いてもよく見えなかった。

　と思うと、そこはヨンヌ川沿いの曳舟馬の道ではなく、ピレネー山脈の湖だった。ヴィックの近くで、水面には波ひとつなかった。

　わたしたちの皮膚は青ざめ、寒さで鳥肌が立っていた。女性の乳房も、男性の性器も、興奮を覚えることなくだらりと垂れ下がっていた。のぼりかけた陽のせいで世界はますます冷たかった。わたしたちは待っていた。

暁が山の頂、スペインの上を白く染めかけていたが、まだそれは陽の光ではなかった。はじめ、足もとの大地は泥だらけで柔らかかった。

そのうち、わたしたちの脚はふくらはぎまで水に浸かった。やがて水は膝の高さまで来た。岸には今や巨大な葦が生えている。青っぽい藻が足の指の間に入り込んできて、くすぐったかった。急にわたしたちは顔を振り向けた。遠く対岸近くの水上を動いていく点が見える。船なのか何なのかわからない。船だとしたら、どの方向に向かっているのか見極められない。世界のあちら側の果てに、わたしたちのように裸で不幸せな影を探した。何もはっきり見えなかった。ますます寒くなってきた。なぜ空に暁がさしそめないのだろう。だが誰も動けなかった。四人の幼い子供たちも動けなかった。少しずつ泥の中に埋もれていく細い足を踏みしめ、子供たちは震えていた。みな待っていた。

X（博学の書）

1　李聖徳

八三四年に、李聖徳はあさましきもののリストを作った。

九九九年には、清少納言があさましきものを書き連ねた。

人は夜、さまざまな皮を脱ぐ。

鏡のすべすべした表面に身体を近づける。顔を洗う。

枝の端で歯を掃除する。爪を一つ一つ拭く。日中ついた垢を落とすために手のひらをこする。明かりを消す。

裸で、消したばかりの光にまだ青白く光りながら廊下を進み、寝室の闇に入っていく。

シーツをめくり、滑り込む。

なんとも青白い身体。

まるで川岸にいるカエルのようだ。飛び出た奇妙な目を見開いた、緑の苔の上に座るカエルたち。オタマジャクシだったわたしたちの最初の世界は暗い水だった。生まれ出て太陽を知る前、わたしたちはほぼ完全に光のない世界で、鯉や蟹のように、タコや鰻のように、肺呼吸せずに暮らしていた。原初の人間から伝わる最古のおとぎ話は、草地の下にある地獄や、岩の裏にある深淵のようにその世界を描いている。だがホレブ山、シナイ山の砂漠で神に仕える者たちによって書かれた『旧約聖書』はそこに、四つの川が湧き出で、はじめの男と女が幸せに過ごしたエデンを見た。驚くべき名残であるわたしたちの身体を、水はその起源、あるいはむしろ母であるかのように引きつけてやまない。アマガエルや火トカゲが住み、鳥たちが舞うオアシスの沼へと、神は絶えずわたしたちを誘う。夜が来ると扉を閉めて外界を遮断し、深く、熱く、芳しく、孤独な浴槽の湯気を立てている湯に滑り込む幸せに震えない者がいるだろうか。うっとりと目を閉じない者がいるだろうか。

まず布や産衣や下着や長ズボンといった、身体を守り、時には美しく見せてくれるものを脱ぎ捨て、洗面所の上の眩しすぎる光を少し弱めると、すでに上半身はくつろぎ、空気にさらされた乳首は立ち、呼吸は遅く、心臓の鼓動はゆっくりになる。膝を上げ、陶器か鋳物の縁をまたぐ時、休息が始まり、足の指を水につけて水の中で、生まれてくる前の状態を思い出す。

2　鳥を狩る

かつて、フランク族の王は鳥を狩るのが好きだった。シャルルマーニュが自らの治世の象徴として屋根の頂に飾り、貨幣の裏面に刻むことにした鳥は鷹だった。フランク族の王は古代ローマの王たちにならい、空の王者を味方につけたのだ。鷹が軍隊の上を舞ったなら、良き前兆だ。勝利は確かだ。フランク人が用いた古い言葉では、鷹の王は「アロー（あるいはアラワル）」といった。『美文集（フロリダ）』〔帝政ローマの弁論作家アプレイウスの演説から抜粋した名句集〕百二十六節が示すように、ローマの皇帝たちはこう言っていた。鷹が舞い上がり、よぎる雲を越し、力強く大きな羽で雨と雪の住処を抜け、雷鳴や稲妻の領域に達すると、少し前かがみになって右回りに旋回し、広げた羽を船の帆のように使って、神のごとく大地を一目で見渡す。鷹は地平線を探す。空中を漂い、不意に視界に獲物が現れたらすぐさま静寂に溶け込む。しかし本来、天の王者はただ、見つめている。

九七八年四月、オットー二世と、東ローマ帝国から船で着きアマルフィの港に上陸した新しい妃テオファヌは、復活祭をエックス＝ラ＝シャペルの宮殿で祝おうとした。供の者を大勢引き連れて宮殿に到着した。

フランスの王はそれを知ると真っ赤になって怒った。

指示を受けたユーグ・カペとブルジュ伯は大軍を率いて東への道をたどった。

昼も夜も馬を飛ばした。

完全に不意を襲われたオットー二世とテオファヌはアーヘンの大広間から命からがら逃げ出した。

フランク人の戦士が宮殿を占拠した時、長方形の巨大なテーブルの上で、二人のために供された料理はまだ湯気を立てていた。

ユーグ王の兵士たちは、シャルルマーニュが建てさせた宮殿の屋根に上り、皇帝がかつてローマの方角に向けておいたブロンズの鷹をザクセンの方へ向けた。

ヨーロッパの歴史において決して終結することのない敵対がこの瞬間、九七八年四月、東に向けられたブロンズの鷹の動きのもとに生まれた。

3　去年の雪

いま暁に降っている雪のうちに（目が覚めて窓を開け、輝き、きらめき、止むことなく落ちてくる雪片の群れに目を奪われたなら）、去年の雪も降っている。

今降る雪は、目もくらむような白さとともに、かつての時間の不可思議な遠い沈黙を運んでくる。

人は窓を開け、永遠に「時」に埋もれる。

4　水泡に死す

光の年老いた治者だけが、自分が照らしきらめかす場所と戯れる。

暁に、鳥たちは太陽を待ちわびている。

夜明けの光が川岸を照らし、木の葉を貫いて透かし模様を浮き上がらせると、鳥たちは闘い相手や遊び相手に会いたくてうずうずしだす。リス、猫、川蛇、スズメ、虫たち。

蜂。蝶。トンボ。

だが、ある日、暁に音はなかった。

動物たちはみな川岸に沿って進み、渦まく水の中で回っている切られた頭部を取り囲んだ。

すると、くちばしが黄色いと言うよりは白く、恋する女の靴紐にひっかかったような脚をした真っ黒で小さなツグミが、何とも美しい歌を口ずさんだ。その場にいたリス、猫、川蛇、白鳥たちは微動だにしなかった。

かつて、人はメレスと呼ばれた川の河口でオルフェウスの死に場所を指し示した。
砂まみれの頭が砕けた貝殻から少しだけ覗いていた。
チュルソス〔生と生殖力を象徴するディオニュソスの杖〕に殴られ、まだ血を流している口は大きく開き
歌い続けている。

ウェルギリウスはこう語っている。オルフェウスがトラキアの女たちの恨みをかい、女たちの手で引き裂かれて死んだ時、

毛も抜かず生のままかじられた腿は
雄牛の腹のように脂がのり、旨みがあった
頭は外れ
丘の斜面を転がってゆき、川波の間に落ちた
ボスポラス海峡の波間に落ちたレアンドルの頭のように
ああ、黄金色の土塊
淡い金色の球
かつてある日、大西洋の波に浮かんだニタールの頭のよう
チレニア海のかくも青い水に浮かんだブーテスの頭のよう
岩は頭を取り囲み、硬い円で暗色の王冠を描いた
雲は川岸の砂の上方で身を寄せ合い
八月の猛暑の中で涙した

5　アルトニッドの死

ソム湾のシャーマンで詩人だったサールは、ラクダが四つ脚を踏ん張って立ちあがるのを見た。サールは馬を愛するローケン小教区の司祭の息子にこんな詩をうたった。

「鳥のロビンは固いところを吐き捨て、歌い始める
卵の固いところは「殻」と呼ばれている。殻よ、さよなら！
ロビンはスズメバチの羽も吐き捨てる
キリギリスの体の先端の棒切れ、あの細い脚まで巣から追い出す
そして歌う

蔦の実、すいかずらの実が好きな小鳥よ！
きみは秋以外の何を食べる？
散りゆく葉のように喉の弁を赤く染めるきみは
秋の鳥。
鈴鐘形の黒い花冠をつけた野葡萄の鳥、
その実は闇のように暗く丸い密な球。冬の方を
気がかりそうにじっと注意深く見つめる目のよう
時々、きみの赤い喉はオレンジがかり
きみは枝でしぼんだ黄色い葡萄の鳥になる

小鳥たちよ、思う存分、あの金色の小さな貝殻に穴を開けてうっとりして
だがきみの小さな温室がしがみついている枝から落ちないように気をつけて
幸福を存分に飲み干してから空中で夢心地のまま死ぬのだ

秋の鳥の声に耳を傾けているあなた
鳥の歌を聴くときは赤い喉にご用心!
人はたえなる歌に耳をそばだてずにはいられないけれど
用心を忘れてはだめ、歓びに浸っている時も
節度と空しさと恐れを歓びに少しだけ混ぜよう
鳥が歌っているなら誰かが死にゆく証拠、鳥の喉に上る血はその人から抜けていったのだもの」

たしかに、アルトニッドはそれから間もなくして亡くなった。

6 リュシウス修道士

冬が突然やってきて、凍てつくように寒くなった。年老いたリュシウス修道士は、隠者の聖リキエに捧げられた大修道院の新院長に指示されて、修道士たちの食堂を暖める薪を伐りに森へ行った。

リュシウス修道士は肩に斧を担ぎ、僧院の門を出て森に入っていった。コナラの茂みを選び、仕事に取りかかった。斧を振ると、木は一本、二本と倒れた。

リュシウス修道士はふと驚いて手を止めた。年老いたナラの木の下枝にとまって、一羽の鳥がなんと

も美しい歌を歌っていた。夜の終わりに歌うどんなナイチンゲールもこの鳥と張り合うことはできないだろう。誰もその歌をまねできないだろう。

歌の巧みなツグミでさえ。

フェニュシアニュスだって、たとえそこにいたとしても、鳥の名前を言い当てることはできなかっただろう。喉から出て空中に弾け広がる旋律は何とも豊かで凝っていて崇高だった。

ほかの鳥たちも皆、この夜明けに、素晴らしい歌を聴こうと口をつぐんだ。

樹々の枝まで空中でじっとしていた。

奇妙な光が差している。

森は静まり返った。

リュシウス修道士もじっとたたずんでいた。手から斧が落ちた。リュシウスは顔を仰向け、ナラの木の下に立ったまま呆然と歌を聴いていた。喜びが心に満ちてきた。涙がこぼれた。歌はついに終わった。

リュシウス修道士は伐り倒した木のところへ戻ってきた。見て驚いた。虫がたくさん食っている。木の周りの地面では落ちた葉がすべて黒く枯れている。葉の間に落ちているはずの斧を探した。柄は粉々に朽ち果てていた。鉄の部分は錆びていた。黒い耳くらいの小さな丸い鉄の破片しか残っていない。

リュシウス修道士は何が起きたのか理解できなかった。しばらく鳥の声に耳を傾けていただけなのに。

灰色の光の中にうずくまった。

斧の錆びた鉄くずをかき集めた。

鉄の耳をポケットに入れた。

そして修道院へと向かった。

その壮麗な大修道院はアンジルベールが建て、リカリウス（百合が織られた長衣を着ていた年老いたリキエ王）に奉じたものだった。不思議な力のある泉の上にアーチ状に石を積み上げて作られたリカリウスの礼拝堂の記憶を受けついでいた。到着すると、リュシウス修道士は扉を叩いた。扉を守っていた修道士は小窓を開けたが、誰だかわからなかった。

リュシウス修道士は繰り返した。

「修道士のリュシウスですよ」

だが、扉を守っている修道士はこう答えた。

「ここにはリュシウスという名の修道士はいません」

リュシウス修道士はそんなはずはないと言った。

リュシウス修道士がゆずらないので、扉を守っていた修道士は別の修道士を呼んだ。

二人は鉄の小窓から覗いたが誰だかわからなかった。

リュシウスは自分の名を繰り返し、扉の反対側では修道士たちが笑っている。

修道院中の人々が少しずつ扉の鉄の小窓の周りに集まってきて、笑い始めた。

人々は修道院長を呼んだ。

今度は修道院長が鉄の小窓からリュシウスの姿を覗き、質問した。

しまいに、リュシウス修道士のいくつかの返答に動揺を覚えた修道院長はこう述べた。

「こちらの修道会の方で、入りたいとおっしゃるこの建物を隅々まで知っておられると認めたいところだが、リュシウス修道士とは誰なのだ？」

ふいに、古参の修道士が中庭の石畳を杖で打った。

誰もがそちらを振り返った。年老いた修道士は思い出したのだ、かつて、ある修道士が年配の修道士から聞いたという話を修道院の記録で読んだのを。

リュシウス修道士を扉の前に残したまま、階段を一段一段杖で叩いて上っていく老修道士について、修道士たちは全員図書室へと向かった。煤に覆われた皮表紙の古い書物を次々と引っ張り出す。その一冊に、毛を抜いていないクマの皮で綴じた書物があり、そこにはリュシウスという名の修道士が森に木を伐りにいって迷子になった話が綴られていた。もしかすると逃亡したのかもしれない。あるいは喰われてしまったのかもしれない。日時を調べ、名前を突き合わせてみるに、三百年前のことだ。ベルトとアンジルベールの子であり、シャルルマーニュの孫で、シャルル禿頭王の秘書だったニタール、古い礼拝堂のキリスト生誕像がある入り口近くの石畳の下に埋葬されているニタールが大修道院長だった時代である。修道士たちはみな修道院の扉へ戻った。リュシウス修道士に詫び、中に入ってもらった。自分たちの最年長者に敬意を込めて挨拶した。今読んできた話を語った。リュシウス修道士はこう言う。

「三世紀は十五分か三十分ほどに感じられました」

「十五分か三十分ですって?」

「三十分ですかな」

「三百年が?」

「ええ。三百年が半時間に感じられましたよ」

ある修道士がこう言った。

「あり得ることですね。歌を聴いている時、身体は過ぎてゆく時間に拘束されていませんから」

別の修道士がこう言った。

「議論の余地がありますね。身体は過ぎてゆく時間そのものとも言えます」

三番目の修道士がこう述べた。

「我々の仲間、キリスト教徒であるシャーマン王リカリウスと沿岸伯アンジルベールがこの土地を支配するようになる前、ひっそりと暮らしていた異教の兄弟たちは言っていたそうです。『鳥の声に魂が耳を傾けると、魂は別の世界に運ばれていく』と」

心打たれて自分を見つめている修道士たちを、リュシウス修道士は眺めた。

リュシウス修道士はおそるおそる尋ねた。

「もしや、鼻が白い小さな黒猫もこちらに戻ってきませんでしたか」

7　テッサリアのリュシウス

マダウロスのアプレイウス〔ローマの著述家で、『黄金のロバ』などを書いたルシウス・アプレイウス〕はこう言った。

「リュシウスはフクロウになりたかったのだ」

そこでグレンダロウのアリラは泣いた。

「あれはわたしが生きていたとき一番好きだった本よ」

8　フクロウ

ふいに右側で大きな音がした。なんとも大きな翼、幅一メートルはある翼が草を打ち、地面を叩いていた。フクロウはつと舞い上がり、りんごの木の枝にとまった。黄色いぐにゃりとした小さなナメクジが嘴から垂れ下がっていた。フクロウは不安げだった。

「食べたら、アルトニッド」、わたしは声をかけた。

デッキチェアから身を起こした。

枝の下まで行き、爪先立ちで伸び上がった。フクロウはわたしの指にとまりにきた。重さは四百グラムほどだったろうか。それが誰なのかわかった。アルトニッドだった。

わたしの指の上でフクロウはナメクジを食べ、それから一緒に話をした。ほぼ夜じゅう語り合った。わたしが家に入った時には、すでに夜が白みかけていた。

訳者あとがき

本書は二〇一六年にフランスで刊行されたパスカル・キニャールの *Les Larmes*（Grasset, 2016）の全訳である。

二〇一七年にこの書は、新鮮で独創的な形式をもち、言葉との研ぎ澄まされた関係を追求した作品に捧げられるアンドレ・ジッド文学賞を受賞した。

「国家の感覚などない。（……）フランス人とはなにか？　ドイツ人とは誰か？　実際、子宮の孤独の中で誰も国民感覚など持っていなかった」（ミレイユ・カル＝グリュベールとの対話、二〇一四年三月十一日）と語り、言語のありのままの美しさほど驚異的なものはないと述べるパスカル・キニャールは、フランス語の生まれ出た瞬間を本書でまさに彼にしかできない手つきで捉えようとしている。「ストラスブールの誓い」において「奇妙な霧」のごとく人々の口にその言葉がのぼったときの空気をかき分け、はじめてその言葉を書き留めた人の手を見つめる。フランス語による最古の文学的文献『聖ウーラリーの続唱』が、鳥のように古い言葉から出てきた奇跡的な出来事を書き、続唱を綴った書の毛だらけの皮表紙を驚きの目で眺める。時には詩とも散文ともつかない不思議なリズムを持つ文章でこの時代と決定的な言語の転換を描きつつ、言葉についての考察はさらに、書くという行為をそのさまざまな位相で捉えることにつながり、沈黙と影、光と線などのテーマと自由に、軽やかに呼びかわしていく。

この作品がさまざまな意味で音楽的であることは間違いない。「かつて、ある日」というリフレインのもと、昔話のように小さな章は互いに思いがけないところで響き合っている。「ストラスブールの誓い」をフランス語のもととなる言葉で書きつけたニタールはシャルルマーニュの孫で、『ルイ敬虔王の息子たちの歴史』の著者だった。ニタールとその双子の兄アルトニッドの運命と冒険は、さまざまな主題が絡みつく二つの主要な軸になっているとも言える。宮廷と修道院に生き、文字を記し続けたニタールと、フランク王国の岸を離れて遠く冒険の旅に出たアルトニッドは名が対でありながら対照的な生の軌跡を描いていく。群れて生きることを嫌い、権力から遠ざかろうとするアルトニッドの放浪は、パスカル・キニャールの作品のあちらこちらに展開されている孤独者のテーマの美しい変奏でもある。日々言葉と向き合うニタールと、留まることなど考えもせず、常に一人で旅立とうとするアルトニッドは、ともに作者の分身でもあるかもしれない。

本書はまたヨーロッパについての思索であり、作者の故郷ノルマンディーがその鍵となっている。パスカル・キニャールの筆はヨーロッパで国家間の軋轢が生まれたいくつかの瞬間を捉える。しかもそこには土地と作者の身体の接触が刻まれているように思える。シャルルマーニュの娘の恋人だったアンジルベールが院長となったサン゠リキエ修道院、予言者サールのいるソム湾などを実際に作者はさまよい歩き、奇跡の泉に下りた。二〇一六年三月に、パスカル・キニャールは本書の重要な舞台の一つであるサン゠リキエ修道院に近いノルマンディーのウーの町で、「暗闇の舞台」の朗読リサイタルを行っていた。その闇の中で、『涙』に連なるテクストがキニャール氏自身によって発音された瞬間をこの本の泉の一つのように思い出す。

ノルマンディーの海岸から海の波に乗り出したアルトニッドは、シャルルマーニュの時代にノルマン人たちの襲撃を受けて「ノルマンディー」という名を持つことになってしまった著者の生まれ故郷から旅立つ。アルトニッドとともに、物語はエミリー・ブロンテが散歩した荒野や、『千夜一夜』の舞台バクダッドへと舞っていき、作品間の、時空を超えた出会いと予期せぬ響き合いが生まれる。本書は時間と身体の関係をめぐる考察でもあり、思索は物語の次元や作品を書く身体の次元に波及しているが、アルトニッドとニタールに学問を教えたリュシウス神父が体験する本書末尾の不思議な事件、その後に描かれている不思議な邂逅にも結晶して作品に余韻を残しているようだ。作家の家があるサンスの町にカロリング朝と現代、登場人物と作者をつなぐ扉の一つが開けている。

広い時空を駆け巡る本書の各章を結ぶのは動物たちでもある。リュシウス神父が愛した猫、アルトニッドが愛した馬、彼が追っていくカケス、ニタールと切っても切れない鵞鳥（ペン）、カール大帝がその死を悼んだカタツムリなど、さまざまな動物がページを駆け抜け、声を発し、時には命を落とす。猫からツグミへ、人間から鳥へと変身を遂げることで、動物たちはパスカル・キニャールの作品における変身譚への関心を心打つかたちで表現してもいる。本書でもちらりと触れられているアプレイウスがローマ時代に書いた変身譚『黄金のロバ』を読んで作者はラテン語を学んだ。動物の主題はまた、書くことや書物についての考察とも切り離せない。かつて書物は動物の皮で作られ、動物の一部を使って書かれた。また動物や鳥の鳴き声と言葉、音楽の関係という、キニャールの作品で展開されてきた主題はここでも魅惑的な展開を聞かせている。

題名からも察せられるように、本書はまた涙という液体を旋律の一つとしている。それは登場人物が流すあるいはこらえる涙でもあり、人が生まれ落ちた時に流す涙や、さらにはウェルギリウスの述べた

「万物の涙」でもある。涙はある種の泉、川、そして大海とつながっている。作者によると赤子の涙は、その体にまだついていた体液でもあり、子宮にいた時代への回顧を誘う。こうして、涙をめぐって世界の生成と終焉、キニャール作品が探ってきた原初の時などのテーマとの繊細で複雑な呼応が聞こえてきて、古代からの文学やパスカル・キニャールのこれまでの思索とも響き合いながら、この壮大で素朴な、歴史画的で親密な作品を編んでいる。

キニャール氏の深い教養が織りこまれた本作を日本語に訳すにあたり、ラテン語で特に疑問を抱いた箇所については、東京大学の日向太郎先生から貴重な教えをいただいた。深くお礼申し上げたい。パスカル・キニャール氏ご自身にもさまざまな教えをいただいた。キニャール氏が幼少期を過ごした地ル・アーヴルで二〇一七年に行われた朗読とピアノのリサイタルに続き、キニャール氏の作家人生五十年目と七十歳を祝う作者と訳者の二台ピアノと朗読のコンサートが二〇一八年五月に長崎で催される機会に、この翻訳を世に出せることを幸せに思う。

最後になってしまったが、このコレクションを出発から支えてくださっている水声社の神社美江氏、鈴木宏社主、本書刊行に際して貴重なご助言をいただいた廣瀬覚氏に深くお礼申し上げたい。

二〇一八年四月

博多かおる

訳者について――

博多かおる（はかたかおる）　東京大学卒業、同大学大学院およびパリ第七大学大学院博士課程修了。博士（文学）。現在、上智大学文学部フランス文学科教授。主な著書に、『十九世紀フランス文学を学ぶ人のために』（世界思想社、二〇一四年、共著）、主な訳書に、『ガンバラ――バルザック芸術／狂気小説選集2』（水声社、二〇一〇年）、バルザック「ゴリオ爺さん」（『ポケットマスターピース03　バルザック』所収、集英社、二〇一五年）、パスカル・キニャール『約束のない絆』（水声社、二〇一六年）などがある。

Cet ouvrage a bénéficié du soutien des Programmes d'aide à la publication de l'Institut français.
本書は、アンスティチュ・フランセ・パリ本部の出版助成プログラムの助成を受けています。

パスカル・キニャール・コレクション

涙

二〇一八年五月一五日第一版第一刷印刷　二〇一八年五月二五日第一版第一刷発行
著者――パスカル・キニャール
訳者――博多かおる
装幀者――滝澤和子
発行者――鈴木宏
発行所――株式会社水声社
東京都文京区小石川二―七―五　郵便番号一一二―〇〇〇二
電話〇三―三八一八―六〇四〇　FAX〇三―三八一八―二四三七
【編集部】横浜市港北区新吉田東一―七七―一七　郵便番号二二三―〇〇五八
電話〇四五―七一七―五三五六　FAX〇四五―七一七―五三五七
郵便振替〇〇一八〇―四―六五四一〇〇
URL : http://www.suiseisha.net
印刷・製本――モリモト印刷
ISBN978-4-8010-0226-5
乱丁・落丁本はお取り替えいたします。

PASCAL QUIGNARD collection

パスカル・キニャール・コレクション　全15巻　［価格税別］　＊内容見本呈

〈最後の王国〉シリーズ

さまよえる影たち〈1〉　小川美登里＋桑田光平訳　二四〇〇円
いにしえの光〈2〉　小川美登里訳　三〇〇〇円
深淵〈3〉　村中由美子訳
楽園の面影〈4〉　博多かおる訳
猥雑なもの〈5〉　桑田光平訳　次回配本
静かな小舟〈6〉　小川美登里訳
落馬する人々〈7〉　小川美登里訳　三〇〇〇円
秘められた生〈8〉　小川美登里訳
死に出会う想い〈9〉　千葉文夫訳

音楽の憎しみ　博多かおる訳
謎　キニャール物語集　小川美登里訳　二四〇〇円
はじまりの夜　大池惣太郎訳
約束のない絆　博多かおる訳　二五〇〇円
ダンスの起源　桑田光平＋パトリック・ドゥヴォス＋堀切克洋訳
涙　博多かおる訳　二四〇〇円